ZUI

Zestful Unique Ideal

最世文化
Shanghai ZUI co.,Ltd

十年后,我不认识你(捂脸)……

郭敬明 主编

湖南文艺出版社
HUNAN LITERATURE AND ART PUBLISHING HOUSE

博集天卷
CS-BOOKY

作者简介
AUTHOR

郭敬明
霸霸

落落
我不会轻易 _____

笛安
这么多年，一直努力维持着女文青形象，只是越来越多人知道其实我脑子很脱线了。

安东尼
我是安东尼 2016 年 我要去伦敦找真爱

恒殊
吸血鬼女王。

痕痕
命里注定有吸引怪咖的淳朴善良气质……

阿亮
热爱人机床合一的少女心生物。

胡小西

昼乐晚悲——这就是我，一个集善变双子和徘徊天秤之精华于一身的天蝎 boy。

小 青

誓比四颜小！！！

自由鸟

回顾前几十年人生，除做白日梦外别无所长；现在不做女汉子了，江湖越老，越会撒娇。

王小立

爱与和平的地球小战士。

消失宾妮

开朗皮儿敏锐心，等看时光验证公平的老少女。

陈 晟

十年之后，我还是那个背包少年。我还是那个最瘦的我。（最好是。）

李 枫

自由自在。

卢丽莉

也许是红尘俗世的一名过路者。

肖以默

专注装嫩三十年……

陈奕潞

被封印在科幻魔界的少女心作者，十年后希望还活跃在少男少女的心坎儿里。

琉玄

面无表情，心底欢腾。

叶 卿

4.23 的 A 型简单绘画芯片和 music。

冯天

看上去无害，其实是个怀疑全世界的阴谋论者。

千靥

蘑界生物千靥，学名：猎菇蕈人。伞菌目，蕈人科，食菇蕈人属。好食同类，对人类无害。

舞小仙

与猫为伴，画笔抒生。

Dano

帅归帅，实力派！

宝树

来到陌生时代的时间旅行者。

陈楸帆

无法归类的谜之物种。

林培源

山川河海，昼夜与爱。

吴忠全

一直想让自己变得坏一点却越活坏毛病越少。

李田

性别男，爱好女，本命白羊上升巨蟹的傻白甜暖男。

疏星

万年高中生包子脸以及一亿光年不变的少女心。

冬筱

过气足球运动员。

孙梦洁

民间博彩家。

曹小优
住在东京的美少女。

张喵喵
一个已经不知道怎么写故事的人。

简 宇
重度拖延症，今天的事明年做！

解学功
一个满脑子弹幕，却面无表情的梦游者。

陈 龙
用生命在地铁里表演小咖秀的男孩。

孙晓迪
把你推倒，便是晴天。

Fredie.L
一个大写的 MEAN BOY。

卡 卡
这一秒焦虑，下一秒随意，两种状态随时切换。

不 二
I am so sweet.

目 录
CONTENTS

Chapter 3 短暂性急性精神障碍篇

Chapter 1
疯狂爆料篇

我到底有多娘 / 我到底有多 man

安东尼

到底娘不娘呢 我也一直在问自己这个问题

正好今天 上网 痕痕让我写这个文案 顺势就问了 MSN 上几个朋友 "我娘吗"

高中 同学 5 女说 "不啊 没觉得你娘 就是 性情温和……不过有时候也冲动 你是白羊嘛"

问身在美国 生了混血儿子的 认识三年的网友 月白 她说 "你不娘 你 Metrosexual" 这个单词 维基百科 都会翻译成美型男……over 了 我觉得

问 大学同学 并在墨尔本与我同住的小帅 他说 "……你怎么 问这个 What's ur problem man？"

综上所述 貌似 我在我 朋友眼里是 不娘的

不过 我并没有觉得 我多不娘…… rz

看小说 看电视 看电影 看书 很容易哭

体检拍超片 或者 心电图的时候 我都会 不要脸地 问疼不疼 扎针的时候 也会立即变身 美型度上升 50% 脸也变正 死皮赖脸 和护士微笑 一定要轻点 =3=

对润唇膏 非常执着 书包里 大概有不下十支润唇膏 颜色各异 口味不同 我希望不论是 哪个口袋或者兜里只要一掏 就有润唇膏 有润唇膏的人生 才是圆满的

看时尚杂志 保养护肤……尽管我 会懒到连续几日不洗脸 可是会 很快悔过 并买几张补水面膜回家敷

P.S 和 echo 吃饭 这个腹黑的小朋友 恶毒地说 你兰花指了哦 我说 明明是因为杯把 我指头放不下去 好吧

CA 的男生 据我观察 是这样的

老板 是个妖孽 早已到达彼岸 不跟我们这些人玩了

小西 比我壮 貌似体格很好 手臂粗壮 温柔得很 给我倒水的时候 竟然把热水和凉水一半一半哎 萌得不要不要的

庆庆 是个色眯眯 淫荡又热心的 欧吉桑

李安 是个小迷糊

朱古力是 大侠 feel

肖以默 大咧咧 他很 man 我要和他 义结金兰

胡小西

看见这个话题，让我不禁想起我的那件衣服，以及去年发生的那件尴尬的往事……（众："滚！最受不了这种追忆痴癫的开场！"）

有一次在味千点了份泡饭，因为要等很久才能做好，于是就低着头看杂志。半个多小时以后耳边传来服务员的声音："小姐，您的泡饭。"我正沉浸在手中杂志的美食栏目里饿得不行，听见"泡饭"两个字，不假思索就应了下来。服务员看见我的脸以后慌忙改口："不好意思先生，您的泡饭……"

后来仔细考虑了一下，应该是当天穿的衣服不对。（小四："我早就提示你要扔了那件衣服！"）黑色的外套穿的时候有点麻烦，胸前的衣襟左一层右一层包裹半天才能平整好，中间还有一条腰带，再加上去年冬天的时候我的头发有点长，而且还是卷的……（没错，是烫卷的。以后绝对不会再烫头发了！）

至于"娘不娘"的问题，你觉得一个走路时上半身几乎不动小腿肌肉异常发达的人……会娘吗？（以上的惨痛经历完全是由于穿着造成的，绝非其他因素。）

我觉得每个男生都有"娘"的时期（为什么没有人在意女生们"爹不爹"！气愤……），这是一种未成熟、有股孩子气的表现。只不过有的人初中时就已经成熟了，有的人到了大学还依然稚气未脱……

对于"娘"的定义，每个人都有不同的接受程度。如果你不愿意说对方"娘"，或者对方不愿意接受这样的评价（有哪个男生愿意接受？！），我们就把它理解为……"无邪孩子气"吧……（好无力的呼吁……）

请大家欢迎大王我来压轴陈词。

作为讨论"娘"这个话题的主力军，（……）我觉得我其实一点都没有发言权。因为在我的人生里面，除了长了一张小 SHOU 脸，留了一头小 SHOU 刘海，脸上是白嫩的小 SHOU 肌肤，瘦弱的小 SHOU 身材，穿着 fashion 的小 SHOU 衣服，并且经常说一些小 SHOU 的撒娇对白之外……我真的没有什么地方可以被人说是娘。（……）

所以，面对这个题，我陷入了沉思，绞尽脑汁之后，回忆了一下我生活中几个比较娘的地方，给大家作为参考，以及茶余饭后的笑料。如果被（消音）了，那就证明，我的生活已经不适合年轻人观赏了……此为题外话。

首先，对于我这张脸，我承认我的做法是稍微娘了一些。我每天早上晚上，需要往脸上涂抹的东西超过了十三样，而且还不包括白天喝的抗氧化萃取液和各种胶原蛋白饮料和维生素药片……每当我对着镜子里贴着面膜的自己，或者像一个疯狂的科学家一样倒腾着瓶瓶罐罐的时候，我都会觉得：这也太 man 了吧！

其次，我害怕打雷。这个话题已经被无数次提起，我也就不想多说了。但是，无论这样的情况发生多少次，每当天上雷声一响，我就娇弱地捂住耳朵开始撒娇的场景，总是能震撼在场的所有人，并且当雷声持续达到高潮的时候，我脸色苍白扶住胸口去厕所里呕吐的背影，都会让人觉得：我操！男人痛苦的样子实在太爷们儿了！

再次，我的鞋子裤子，衣服的干净程度已经到达了变态的地步。之前的我，总是无数次地将自己脚上的鞋子，摆到小西、阿敏他们的鞋子边上，然后一边摇头一边痛心疾首地"啧啧啧啧啧"……就算他们买了新鞋，我也敢走过去摆在一起，然后说："你们总算穿了双干净的鞋子。"至于痕痕袖口上不小心滴到的菜汤，阿亮黑色风衣上的黄色头发，我总是觉得，人还是少看些"脏东西"比较好，眼不见为净……至于现在，我已经发展到了走到小西旁边，抬起脚，看看我的白色鞋底，再对比下小西的鞋面，然后一边摇头一边痛心疾首地"啧啧啧啧"……我觉得，自己真的是越来越 man 了，这样爷们儿的自己，让我觉得好心痛，我应该是一个美形的纤细美少年才对呀！

最后，如果我戴着帽子墨镜，或者穿着粉红色的衬衣和毛衣，（……）或者戴着有辫子的毛线帽子，或者长手套……出现在餐厅或者一些公共场合的时候，店员们的对话总是会以"这位小姐您要点些什么"开始，然后在我摘了帽子或者墨镜之后，对话就变成了"啊……郭先生，您需要点什么……"唉，我也受不了这样的情况，实在是太爷们儿了，摘了墨镜他们就能立刻辨出男女，真是好讨厌的……（揉手绢）……

思绪一发不可收拾，我决定不再想下去了，越想越觉得自己太过 man。实在受不了了呀……

阿 亮

要说我到底有多 man，除了幼儿园玩捉迷藏躲在男厕所，小学买泳装的时候被营业员阿姨告知泳裤专柜在对面，中学搂着女性好友的时候被教导主任当作早恋叫住训话，大学潜入男生寝室从来没有被认出来过……之外，我觉得我还是蛮有女人味的啦。（谁信！）

关于我会 man 这点，还要追溯其历史原因。因为爱打架，小时候大多数时间都和男孩子玩在一起。总觉得比起女生，还是做男生要更有优势一些。力气大，不用留头发（女生打架总爱相互扯头发，造成两败俱伤的局面），皮更厚，也不需要参与到颇有技术难度的踢毽子和跳皮筋这样的运动中去（我连续踢毽子的最高纪录是三个……）。况且对热爱游泳的我来说，长头发下水那就是阻力，所以我长年留着菲尔普斯头，或者也可以说是贝克汉姆曾经留过的发型，极其地时尚。这样的情况一直到大学二年级才被我妈扭转过来（她从小学五年级就开始扭我），但也因此，每次遇到需要出示学生证的场合，我总会被人幽幽地问上一句："这是你表哥吧？"（喂！旁边有写着"性别：女"！）

不过说到底那都是些往事，在我留长了头发，清光了衣柜里所有中性风格的衣服，除了那些历史，关于我"man"的传说也就再也没有什么证据留下了。

现在的我，除了常常会穿反外套出门，除了领子习惯性翻一边忘记另外一边，除了永远和"细心"这个词无缘，除了觉得三天不洗头也没什么关系，除了夏天会只穿内衣在家里打滚……应该没有什么 man 的地方了吧 =v=

　　说到 man，女生都有一颗柔弱的心，我当然也不例外。每当痕痕尖叫着说有小强的时候，我都会兴高采烈地挤压着纸巾里小强新鲜的尸体，然后对痕痕说要不要再打开看下，（痕痕："哕……快点扔掉！扔掉！！！"）小强哪里恐怖……不过是繁殖力比较活跃的生物而已嘛。

　　记得有一年暑假，无所事事躺在沙发上看着电视的我，突见地板上有条白色的细小的物体在蠕动，便立马抓了起来，用食指和拇指捏搓一下，柔软的虫子就干透了，接着发现陆陆续续有很多在蠕动，沿着虫子我找到了两天前忘记放进冰箱的鱼汤，大大的鱼眼里一条条地爬出的物体原来是蛆！！！妈妈尖叫着说处理掉它们按条给零花钱。为了富裕起来，要明确条数的我徒手抓完了全部，满手的虫让我的内心无比充实……其实这样的事情我想很多人都做得到。（小四："屁！！老娘就做不到，去把手浸到纯 84 里！"小西："我好害怕哦……庆庆……"阿亮："我的杀虫剂呢！！！"）

　　说到 man，女生都有一具娇弱的身躯（唐宛如除外），我当然也不例外，只不过外表看起来比痕痕、阿亮来得强壮一些些。每当某某说瓶盖打不开而我不费吹灰之力就拧了下来时，便想那肯定是某某最近锻炼得少，臂力变弱了；（小四，那个某某真不是指你……）在最难打到车的地段两分钟就能有车坐，那是因为我喜欢用手臂支撑悬挂在即将停下的出租车门上直到猎物到手，所以每次聚餐都能最快到达目的地。（痕痕："我们能第一个吃到寿司了……"）以上都是我最娇羞的一面而已，到底怎么样才叫 man……到现在我还是很懵懂……

　　我只能说自己比有些男生要 man……（那似乎就不是我的问题了一.一）就性格方面来说，很男性化的地方还是对大多数事都不拘小节吧，比起"man"而言，"婆妈"才是我最反感的形容词啊！要知道直到今天，我仍然有一件事打死也做不到，那就是把一只剥皮以后的橘子上面的白色纤维扯干净——"有病啊！吃了以后会死啊？在那里装什么娇贵啊！又没有摄像机在拍，整给谁看啊？"——每次看到别人在干这件事时，我内心都会冒出非常 man 的"三字经"。但如果仔细想来的话，

有各种小心眼，爱计较，兴趣是疯狂购物，并且没事就爱哭的人，似乎也不怎么man……那么关键问题难道就在于外形上"有够man"了吗……长得高就失去女性特征了吗，脸大激素就分泌得少了吗，爱抠鼻子和猛抓大腿根就没权利穿裙子了吗，用手擤鼻涕后擦在树上……这好像已经是道德层面的问题了……而我开始留长发也是为了以后跟女性朋友出去吃饭时，别人不会再说"先生，您埋单吗"！（怕就怕即便留了八年的长头发，依然会被人问"这位搞摇滚的先生，您埋单吗?"）说实在的，很早以前，我还是拥有最多女性"老婆"的人物，在各处扮演"老公"的角色，果然也是因为身高加发型后的外形吧……在那青春的岁月里，享受着左拥右抱、性别错乱的乐趣一．一。虽然还没到走进女厕所被喊"有色狼"的地步，但是我也不希望倘若自己在车祸等突发灾害中翘了辫子，警方连着胸部也不能区分，只能扒裤子来认定性别。（平胸、高个加大脸……好吧，连我也真的开始怀疑自己是不是个男的。）

最不堪回首的一段情

落 落

　　每段感情都是不堪的，没有高低之分没有最……不仅我对快递员或保安的畸形之恋每段都无疾而终，仔细想想我连他们的名字都不知道叫什么，又怎么保证我们将来的子女能不能进一个好的私立幼儿园？而倘若我把眼光放得更开阔一些，回想那些我能知道对方名字的恋爱，身体便立刻做出极好的反应，鸡皮疙瘩从头顶爬到阑尾。虽说"当年无知""青春冲动"，但眼下回过头来想想，拿这些当借口也不能挽回它们就是不堪的事实！总之我常像所有智商没过平均线一半的二百五一样，做了许多二百五才热衷做的事——例如许多普通大众一样爱在半夜三更去轧马路，掏出两个月的工资买双高级旅游鞋送给对方，结果现实的结果是掏出两个月的工资买双高级旅游鞋送给对方走远……而确实大部分"不堪"都集中表现在"我当时一定被人下了药，才会喜欢上现在回想起来宁可把自己卷进搅拌机的那个人"。如果把我仔细剖解一下，那种只恨自己当时不争气，只恨自己当时吃饱了撑的，只恨自己当时蠢得像一泡隔夜尿的怨恨，便是我身体内占据 60% 的组成部分。

郭敬明

　　大家都写得很掏心掏肺嘛……

　　那我也来贡献一个非常掏心掏肺的……我大一的时候有一个跳国标的女友，个子高，但是有一个致命的缺点，就是写在选题里的我最不喜欢的女生的缺点——戏剧化！估计也是从她身上才产生的阴影吧，导致我以后遇见这样的，都浑身寒毛倒竖。

那个女生，经常在和我们说故事的时候，用一定的开场白是"那天，我穿了一件那个那个……那样的毛衣！"说完还用手在大腿上比画，"长到这儿！""那天，我还戴了个那个那个……那样的项链！"，说完，在胸口比画，"垂到这儿！"……永远的开场白，forever……似乎她不形容一下她那天穿什么衣服，她就讲不出那个事儿来……

当然，这是小事儿，她的戏剧化表现，她和我一样，也是个文学青年，但是她写的东西真的……有一天，她就坐在我寝室的床上，我在玩电脑游戏。结果，过了一会儿，我听见嚓咔嚓咔像老鼠啃东西一样的声音，回过头，我去，她把所有的打印出来的稿子都一张一张地撕了，然后揉成团，四处扔，然后自己以一个非常奥妙的姿势梨花带雨地盘在我的床上……我看了看，没说话，继续转过头去游戏……我心里想："现在写稿子都用电脑，你电脑里不是还有文件吗，你撕纸干吗……删除文档就行了嘛……"

到后来，她变本加厉地说她得了胃癌（……），要动手术（……），在我寝室的楼下拉着阿亮的手，两个人哭得像被人打了一样，告诉阿亮说："如果我有什么不测……你一定要照顾好小四……"我去演得跟真的一样……现在想来，阿亮挺配合……尽管她一走，阿亮就上来对我翻着白眼说："我真受不了她了！"

后来在她说她要动手术，进手术室那天，我还是忍不住想要关心她，我当时想，万一是真的呢？我打她手机，果然没人接。我又打她寝室电话，结果她室友说："哦，她上午去考试去了，等下就回来，你是谁啊？"

我就把电话挂了……forever！

安东尼

想了好一阵子 发现 我没有不堪回首的 恋情 好像不光是恋情 过去发生过所有的事 都谈不上 不堪回首 好像 不过恋爱的时候 倒是做了很多很傻的事情：一年级的时候 和班里的一个小女生关系很好 经常去她家写作业 然后她妈妈给我们做 很多好吃的 她还有个 邻居 比她

还小几岁 学前班的样子 然后我们三个玩 角色扮演 许仙 白娘子 小青 ><

初中的时候 晚上 我去 大连市图书馆 看书 喜欢的人 在电台给我点了歌曲 激动得给她电话 她妈妈不让接 然后 我就写了 大概 五十份 "我听到你给我点的歌了 谢谢你" 的字条 贴在她家楼里 楼外 她上学路过的天桥……第二天 上学 她笑着和我说 你好傻哦

大学的时候 高中喜欢的人 和我分手 冬天里 一个人 坐火车 从沈阳去哈尔滨 没有告诉她 去了他们学校 在他们学校食堂吃了饭 去了他们学校图书馆 夜里没钱住旅店 就在网吧包宿 脚指头冻得冰凉 第二天在商业街吃了麦当劳 在圣诞树的寄语卡片上 写了 "谢谢你 再见" 然后一个人 坐车回来

千鹿

其实我的交往经历只有一次，是从大学二年级持续至今的。由于我和我的骑士相处极为和谐安稳，所以戏剧化经历也基本没有……可偏偏就在最近，间接出现了哭笑不得的一幕……

之所以说是间接，是因为当时不是我俩面对面交流。因为我和我的骑士目前身处不同城市，我玩笑地说他是随骑士团驻守边疆。于是，我俩就经常互相寄一些很治愈系的小礼物。

从前他送我的玉手链曾赢得我众多亲友的羡慕称赞，于是我慢慢养成了在别人面前拆包裹来炫耀的坏习惯……

就在前不久，骑士又给我寄东西了，我依旧是在别人面前拆包装……可爱的文具用品、他所在城市的特产食物、小花发饰……我一个个美滋滋地拿起来，这时候，看到最下方还有一个有包装的大一些的盒子。会是什么呢，那个大小差不多能装两个 PPP 人偶……我带着好奇，身边的姐妹也带着羡慕，我准备好炫耀的词语，打开了包装：

——"菌毒清颗粒" "清热解毒抗菌消炎" "XX 市人民医院（特制）"

……啊，在流感横行的季节，我的骑士还不忘开药给我……OTL 这次之后我觉得，以后包裹果然还是要自己偷偷拆，拆出来方便炫耀的再拿出去显摆……

（其实我现在想起来一点也不尴尬，反倒觉得我的骑士很体贴不是吗……）

=..= 话说，我爹娘都不知道我交往过几个（……），这个选题是想怎样呢……不过真正交往的人里没有什么囧的。我对人品很挑剔，而且额头上还顶着"囧人退散"的符。不过有过很囧的经历——初中的时候暗恋过一个男生很久，不，别误会，我这个故事不是讲这个人的，而是另一个男生的。我暗恋这个男生但不得志，他在足球队，而我当时的后桌也在足球队，而后桌后来发现我暗恋这个男生，于是大家聊得也多了，少女情怀下无助的我就老跟他聊天，还上课写写纸条，不过聊的都是足球队男生。

其实这也算得上是正常的事情吧，囧，但离奇的是后来。后来，后桌的妈妈不知道怎么就看见那些我们传的纸条了（事实证明，下课后一定要销毁纸条，消灭证据！），继而人家妈妈认定我跟他儿子有一腿（囧）。然后人家妈妈在某次家长座谈会后，跟我爸爸聊上了……甚至拿着证据去找我爸爸看（当时我爸爸在住院，后桌妈妈不惜拿着证据去"探病"），并且说"希望你女儿不要打搅我儿子"（……）。

（啊，这是怎样不堪回首的往事啊……）

后来我爹跟我谈话，主题不是"上课不要跟男生写纸条"，而是"女儿你怎么看上这样的男生……一点也不好看啊……"（能悟到这一点表明爹爹你真是我的亲爹啊！太了解我了！）然后我只能跟爹表明"我真不喜欢他……"，但我又要曲折地隐瞒我看上的是另一个（……）。反正这就是我最纠结的往事了。后来也不敢跟后桌联系了，算是对他妈有个交代。但后遗症是这么多年后，我爹还要取笑我"想当年人家的妈妈还来找我，要你不要跟她儿子联系"（……）。

人生啊……

年终算总账

胡小西　　　　　　　　算账对象　日理万机的郭总

　　据说这是一个报仇的好机会！据说这次的算账对象有老板！（谁写谁就等着过年放假时卷铺盖回家吧……）我细数了下，作者们的账都被几个气势汹汹的编辑算完了，看看还在加班的 ZUI Factor 部门的几只熊猫……好！作为 ZUI Factor 的加班始祖，我就冒死跟老板（也就是郭总）算算账！四爷～我来跟您算昨晚加班后打车回家的车票，请在这里签字……

　　说起郭总，日理万机、废寝忘食的形象深入人心，但"拖稿大王"和"变卦王"的称号也不是浪得虚名（我是不是用错成语了 -.-），不到杂志出片的前一个晚上，郭总是不会写稿的。要有"全部文件都在印刷了，就差《小时代》这一个印张在等了"的紧迫感，郭总才会废寝忘食地开始赶稿。于是，郭总交稿之日，就是 ZUI Factor 加班之时。《临界·爵迹 II》交稿那天，当获得自由的郭总组局吃饭唱歌庆祝完稿时，ZUI Factor 的几个设计师正紧张地做出片文件。不管郭总何时交稿，ZUI Factor 都得立刻上满弦随时准备开工。所以，郭总，您得注意休息哦～生物钟不能太紊乱哦～（ZUI Factor 众：你的气势汹汹哪里去啦？不是要算账吗！）

　　说到"变卦王"，每当郭总看见一幅好看的插画或者摄影时，就立刻惊呼"也太好看了吧"，并且坚持要"赶快做封面图试试看"，结果一般都是"真好看！这期封面图就用它了"。过了两天是"我觉得这张图还好，不太适合做封面"，接下来"你试试那张图做封面怎么样"，最后是"我看你还是重新设计一个封面吧"……郭总，我已经准备好承诺书了，下次跟您定封面的时候我会带着印泥去找你的。好了，今年的账就算到这里，我也该收拾收拾铺盖卷打包回家了，各位新年快乐哦～

　　亲爱的小立，从阿亮手里接手盯催你《下垂眼》的任务之后，我秉持"以德服人""诚意感化""掏心掏肺"的宗旨，春风拂面般温地催着你的文稿和《下垂眼》连载。其间我全然不顾（催稿大神）小吴传授的"向作者催稿不能太客气"的金玉良言，甚至把四爷"×月×日你有两个选择，要么带着小立的稿子来上班，要么提着你的肾来公司"的警告（肝颤啊……）抛之脑后，选择相信你（脚软啊……），并且坚定地（一厢情愿又自以为是地）许下"她没问题的！肯定能准时交稿"的（事后被证明是"狗屁"的）承诺……看着你QQ上变化的各种签名，心太软的我也说不出什么狠话来。一次次（盲目地）选择相信你，一遍遍（内心悲愤）地听着你手机欢快的"四小天鹅"彩铃，一条条（明知无效也不得不发）的短信催问你的进度和交稿时间……你一次次地用"一定交！""再信我一次嘛！""在赶了嘛！""写不出我也很痛苦啊！"的答复搪塞我……小立，新年了，我也没什么新年愿望，就希望你也可以（难得地）给我一次（真实的、确切的、靠谱的）好消息，而已……

　　想想Kim每次都因为你加班熬夜排《下垂眼》，看着他（比眼睛还大）的黑眼圈，你还睡得着吗？想想我作为你的编辑，冒着牺牲心肝脾肺肾的人身（甚至生命）危险给你担保，你还吃得下饭吗？想想为了你的单行本进度提心吊胆呕心沥血的痕痕，你觉得自己还算是个人吗？

　　以"新人"姿态参加I WANT选题，我实在不想把话说得太重，但是……交稿呀，你到底有没有正义道德和良知啊（咆哮状泪奔）！！！你再不交稿我真的要打飞机去广州了哦……

　　年底算总账时间——我总觉得没什么人值得我算账的，以我一贯温和善良的处事风格来说，应该只有自己对不起别人吧。例如说前助理卷卷同学，我想她在把我转手给他人，使得自己从中解脱的时候，一定是怀着重获新生的只想上街裸奔的愉悦心情吧？所以如果一定要说有什么算账的，大概也只有把矛头对准郭总了。

　　我虽然一直知道郭总信奉强将手下无弱兵，但他果真以为我们每个人都是三头六臂，孙悟空哪吒绿巨人浩克或者食死徒啊，起码今年下半年我都活在"这个周末交个××""这个月底交个××""去日本前准备个××""去北京后准备个××"这种密集的高强度高刺激的工作兴奋中。而郭总呢，持续保持着基本上每月一期连载，年底一本长篇，其中穿插着"又飞广州了？""又飞长沙了？""现在到底在国内还是国外？"，顺便搬了一次公司——的高强度高刺激工作状态，让我连抱怨的机会也没有。（在广州的时候还不忘惦念着我的工作，在我睡梦中打来电话提出"我为你想了个×××××的新计划"……让我在下床的瞬间每个月的那几天便提前来袭了……在厕所一边稀里哗啦一边和他通话……）

回想在以往我是个多么懒散而萎靡而热爱摊着什么都不做的人啊……可现在也生龙活虎了起来呢，也持续在公司加班，抱着一件外套就在郭总价值×万的名牌沙发上度过了充电般的一夜又一夜呢。而在这一系列的高难度训练后，我有没有成为强将手下的强兵呢？——看到明年的工作计划，瞬间觉得自己的皮囊往下又愉快地松脱了一点呀。

卡　卡　　　　　　　　算账对象　林壁炫

这个选题由编辑来写不就是看完之后让人产生类似"每个责编上辈子都是折翼的天使"之类的感叹！在与作者们进行斗智斗勇、威逼利诱的过程中，我们产生了深厚的"猫捉老鼠"的情谊，以至于某些人纷纷表示看到QQ上跳动的头像往往会心头一颤！催稿的血泪史区区几百字是言说不尽的……（我是有多怨妇？）所以这次我想说一说别的。

最近抢占无数风头的TN选手，在比赛期间就受到了众多读者的密切关注，大家也纷纷对写出这样一手好文的背后的人产生了浓厚的兴趣，眼看着此起彼伏地叫嚷着"××也太萌了吧""×××也太帅了吧"的声音，我敲了敲林壁炫"喂，该减肥了啊"（……），我痛心疾首地向他表达了作为他的编辑眼看他短短三个月就完成了从少年到大叔的过渡，多希望他展现出来的每一面都是完美的，多……于是从那以后我的日程表中多了一项"督促林壁炫减肥"。

一开始一切都朝着期望的方向进行——"一天饿了三回""我会变成林瘦瘦的""年会你会看到小一码的我"渐渐地演变成——"天冷了好想吃火锅啊""啊，

麻辣香锅""我们到时候相约吃火锅吧",最后赤裸裸地发展为——"连吃三天火锅""今晚鸡骨草炖鸡""撑完又饿了",在这期间对美食抵抗力为零的我也一同哭喊着:"这年头衣服都是为瘦子准备的吧!"林壁炫,你这个杀千刀的,我的 x($x \geq 2$)下巴你也要负责任的!

自由鸟

算账对象 叶阗

终于等到这一天了。有仇报仇、有怨报怨的时候到来了。

小阗阗这家伙。11月14日那天下午我邀请最世公司编辑作者到家里来烧烤聚餐。前一天阗阗就十分狐媚地打电话来:"亲爱的,我明天一大早就来帮你忙吧,搬东西做准备神马的~~~"我很高兴,心想这孩子真乖啊。然而第二天我一直苦等到中午他都没有来,只接到一条短信:"亲爱的,我昨晚通宵没睡爬不起来了,不过来帮忙了,下午准时过来吃哦,爱你哦~~~"我心有点裂了。

下午两点半,继最先到达的席瀅后,阗阗和陈晨这俩货肩并肩抵达我家了。我笑吟吟地问阗阗:"你昨晚干吗通宵不睡?去做贼了吗?"他羞涩地笑了,边放着超级魅惑的电眼边扭着小蛮腰扑上来拥抱我:"哎呀,没有啦~~~"

这也就算了,是吧。谁没有做贼的时候啊,对。姐姐是过来人,姐姐懂的。

烧烤结束后,大家回去发微博,叶阗公然在腾讯上贴了一张他拗着又青春又轻佻又亲民(……)的造型,在烧烤炉子旁对着肉串扇扇子的照片。

当然,发什么照片是他的自由。

问题是,他只顾着自己英俊好看,完全不顾旁边被不小心摄入镜头的我还在飞快蠕动,于是他玉树临风,我则扭得跟个鬼一样,那脸变形得……简直像被贞子附身或是妖兽降临地球一样……拍成什么没法控制,可后期制作时你好歹切一切呢,把我裁切掉呢!他不管,就这样把照片放出去了(难道想形成鲜明对比?)吓坏了一大批小朋友呢……当然大家都不知道那是我……

对此我深有怨气。

我会报仇的!我发誓!我一定会在他下次做贼的时候拍一张抓现行的照片来公之于众!新浪和腾讯微博各种贴!哼哼,大家就等着瞧吧!

我们的少年囧事

自由鸟

我曾在一所市郊寄宿学校住读4年。青春期的代名词，就是饥饿。毫无隐喻和字面以外的意思。每顿饭都用百米冲刺速度抢食，食堂卖菜的窗口玻璃经常被挤压碎裂，小卖部里总经营来路不明的过期零食，逼迫学生偷偷在宿舍内私自开设地下泡面贩售点……如此环境，占据大脑内存最多的，只有"食物"二字。那时节，不同学校学生碰在一起，开口都问："贵校狮子头多少钱？有没有青菜打底？"

为健康成长，我班男生半夜沿食堂外墙水管爬到二楼去偷冷馒头和教师食堂卖剩的红烧大排。每次看他们吃得肚满肠肥，翌日嘴角粘着葱，打着饱嗝来晨读，女生都觉得十分嫉恨。我们没他们的腿脚功夫，翻不进悬空窗口。

后来我提议我们寝室去偷牛奶。

每天凌晨四点半，送奶工会把六箱袋装牛奶放在小卖部门口。

我们寝室六个女生，假借晨跑，五点起床，趁着天未亮时刻，猫到小卖部门口，端起两箱牛奶撒腿就跑。跑了一半，小P低声喊："怎么拿的是原味牛奶？不好喝的，要拿可可味的啊。"于是返身回去调换，当时心跳得仿佛要破腔而出，以为一定会被人逮到。

但结果并没有。

我们很爽地喝了一个礼拜的可可牛奶，为了不留下任何痕迹，还把所有塑料袋都集中起来塞进书包，趁周末返家时带回市区才丢掉。

笛安

话说，那是我上高二那年，夏天，某节数学课。就在老师在黑板上画某函数图像的时候，我非常无聊地靠在后座那个人的课桌上——因为反正我也听不懂老师在说什么。结果，我听见了一声非常微弱并且微妙的东西磕碰在课桌上的声音，还没意识到发生什么的时候，一阵滚烫的、灼热的、伴随疼痛的……感觉蔓延在我的后背上。这个时候，数学老师画完图，转过身来，他看到我特别敏捷地从座位上跳起来，然后尖叫着："你想烫死我啊！"后座的同学也跟着跳起来，把他翻倒的热水杯扶起来……就在此刻，后座的另一个女孩子非常贴心地一边埋怨那个男生不小心，一边关照我："怎么样了，有没有烫伤呀？"——非常自然地把我的衣服掀起来，于是，她忘记了身后还有满满一个教室的人，盯着我通红的后背，讲台上的老师一定觉得很莫名，为什么他在毫无准备之际就看见我的肚脐了呢？

琉玄

我小时候呢有点点灵异体质，长大了就喜欢以自己的真实经历为基础加上一点点胡编乱造的东西增加恐怖效果……来吓唬女生（……我这么讨厌真抱歉）。话说某个盛夏的某一天，放学后我回教室拿点东西，看到四个女同学在打扫教室——其实她们只是在拿着扫帚胡闹嬉戏而已。总之，我一时兴起就给她们讲鬼故事了。毕竟未来是要成为作家的有没有？所以我还是很有点巧舌天赋，天花乱坠地乱讲一通后，室内气温急剧下降，她们抱在一起欲拒还迎（……）地继续听我胡扯。当时我背对着窗户，正讲到关键处"等我看到那个老太太转过身来时，突然间——"

正此时！原本明晃晃的窗外突然间"啊"的一下像是电视机断电一样变得乌漆墨黑，她们四个立即被惊吓到疯狂惨叫——那真是惨叫……好像有杀人狂在追杀她们。

紧接着就是暴雨倾盆了，被此情此景所感染的我……不住狂笑（呃我真讨厌）……因为她们很好笑嘛……结果她们看我鬼上身一样癫笑就发出更加恐惧的惨叫……

我于是更加大笑起来：啊哈哈哈哈哈！（你够了！）

陈奕潞

　　刚上大学时候，高中的同学抱怨男女宿舍分楼，借个笔记还要门卫大妈批准。都说医学生是超越性别的，大家一起手拉手上解剖课，一起手拉手把人体每个部位看光摸光（……），宿舍更是早已实现人类文明的超飞跃，男女同住一层，夏天只见对面各种颜色深浅不一的膀子（……）晃来晃去，这边各种吊带背心迎风而起。大家互相点头致意，红尘世外，全无矫旎，但是这些在我眼里都不算什么。因为有一次做手术的时候，一位男老师手术衣的裤带断了。外科医生穿的手术衣有两层，里面小衣，外面大褂，所以一开始的时候大家都没有发现。手术期间，为了无菌，不能碰低处的衣服和后背，老师就没理它。这个手术快要做吻合的时候，老师的手机振了。因为当时我是唯一一个手里没拿器械的人，于是师兄便让我下台去帮老师接电话。平时老师的电话都是放在屁股后的插袋里的，我也没看，直接撩开大褂去拿……霎时间，一片白光照耀手术台，我的手触摸到了结实浑圆的臀部。十秒后，我淡定地把撩起来的大褂放下，老师淡定地从另一个地方拿出手机接电话，大家淡定地把手术做完……

李　枫

　　看到这个题目，我想了很久，历数了曾出现在生命中的各个奇异老师，然后我发现小学时的老师个个极品，他们的所作所为和一言一行让我觉得，他们一直以为小学时的孩子智商等同于家禽，各种折磨，各种摧残，首当其冲要数一二三年级时遇到的文老师，她教语文，爱着文艺……但是最爱舞蹈……发动全班排了一场大型舞，每天放学把我们留下排她精心编制的舞……有一天她要开会不能监督，但又不甘心让我们回去，于是提着一个水桶，严厉地对我们说："等我回来的时候，我要看到你们的汗装满这样的桶子！"然后分发给我们每人一个水桶，我们压力超大……这不是人能完成的任务……可是在她走后，我们这些智商真的等同于家禽的小男生小女生格外卖命地跳，格外玩命地跳，格外没命地跳……真以为自己的汗可以接满这个水桶，跳到最后我们都不知道我们是在做什么了……已经超脱了。最后怎样收场已经不再记得，只知道多年后我们对这位老师的膜拜也达到了超脱的程度。

ZUI 中最 ×××的人

 阿 亮

最垮棚的人——小西

　　"垮棚"这个词就像小西的自带标签，令我想到在不久前他生日变装 party 上发生的那一幕，喝醉的小西消失久久未回，有人不放心去查看，不久后便有大笑的声音："喂快来看，吸血鬼躺在马桶上睡着了，还是只有一颗牙的……"

　　实际上小西的垮棚史，足可以追溯到 2007 年刚进公司那会儿。当时的他还是一个满头小卷皮肤黝黑的"新疆小哥"。几乎每隔几天就可以看到这位"小哥"用尖而细的颤音呼喊着"不要~"，扭动着小腰奋力地挣扎、抗拒着等待许久耐心耗尽双眼喷火并企图用暴力帮他存盘关机，拉他一起上路的人群；在此之前通常能听到诸如此类的对话："我们等下去吃寿司，一起去吧？""唉……""新片上了，去看看不？""唉……""晚上去唱歌不？""唉……"

　　胡小西的叹息声长期并且坚定地在公司里盘旋不去，在每一次有人邀请他参加活动时都会变得特别地意味深长或是意味不明，通常还会跟着万年不变的借口"最近好累啊""又发痘痘了""你看我的黑眼圈"（那不是天生的吗ヽ（´_`）ノ）。偶尔几次他自己组织活动，也无一例外地都会发生意外，譬如看话剧会买不到票，看演唱会卖家不给卖票，吃饭找不到时间一直拖到约定的半年后才能成行（还是因为优惠券快要过期）……

　　所以说小西的棚一直垮着，看情形将会永远地垮下去，并且已经没有人期待撑起来的那天……

如何形容陈晨呢，那就是"外表乖巧的黑寡妇"。自从他搬到上海和他的"室友"住在一起之后，我就常常接到他一起喝下午茶的邀约。说是喝下午茶，其实他就是觉得自己和"室友"一起的生活过得太委屈了，把我约出来听他讲"室友"的坏话。可能他跟"室友"住一起真的很憋屈把脑袋憋坏了，我们常常出现以下对白："喂，这件事你上次讲过了。""啊？我讲过了啊？我以为我没讲过。"有一次他跟我讲："她竟然偷听我小便。"我说："即使你想抹黑她，也不用编这么离谱的！"他说："我说了你就信了：当我把洗手间的门打开时，看到她正趴在门边弯着腰倾听，我问她：'你干吗偷听我上厕所！！！'她竟然回答：'你在厕所待这么久，我看看是不是在××。'"他跟我讲这些事，一，纯粹是为了抱怨，二，他知道我是个大嘴巴，想让我传播出去让大家知道他"室友"很变态。真是个"怨毒"的小心机鬼！那我就借此机会勉为其难地传播一下吧。

我是有一段时间快要抑郁了。我说的抑郁是真的抑郁，我一个中年人，本来应该过上朝九晚五喝青菜粥的作息了，结果连续三天三夜睡不着，时不时要自己买瓶酒一边对着电脑一边喝，一边泡澡一边泪流，泡完澡整个人已经咸掉了。为什么呢，就是因为伟大的郭总，半夜先是QQ上给我留了500字关于管理下属的指导意见。第二天他开了个让我觉得前途茫茫不如趁早去卖豆腐的杂志办刊会。有时呢，他贴了一段读者批评过来，有时呢，他又把和我们同属姐妹刊的《文艺风赏》的新闻发给我，意思是，你看看人家。我在真心为对方感到钦佩的时候，又掉了两把头发下来。

以前呢，我是"温暖而美好"，现在呢，我是"掉发且便秘"。所以呢，现在我实在理解以痕痕，阿亮还有小西等领导阶层为首的人的工作压力，他们的上司对他们实在太狠了……狠得我连续几天出门忘记带钥匙，每次都靠自己用工行卡撬门回家。

　　昨天我突然觉得很郁闷，觉得自己不好看，这是常有的，而且是周期性的。本来打算洗洗睡了，但是偏偏 Pano 的 QQ 跳起来，他的第一句话："妹，很久没有和你说过话了，你还好吗？"（我算了一下，大概两三天没有和他聊。）我说："哥，我心情不好。"他回答："怎么了，妹，哥每天都在为你祈祷。"我说："我觉得自己长得不好看。"他回答："你的五官绝对没的说，相反，我的眼角下垂，看起来很凄苦！"我说："你还有酒窝。"他回答："我的酒窝就只有一边有啊，而且别人都说是硬挤出来的！"我说："我面无表情的时候，看起来像要哭。"他说："你的脸真的不苦 × 啊，而我不做表情的时候是真心难看，我还有法令纹，深得就像是用刀刻上去的！你等一下，我找照片给你看！"我说："我还有嘴角纹。"他回答："我都有抬头纹啦，黑头多到像天上的星星！"

　　"还是不开心。"我说。"你就只是今天状态不好而已，其实我也偶尔会不开心。对了，告诉你一个他们都不知道的缺点，我其实走路都走不好，走不成一条直线啊……"他继续说，"妹，哥唯一的心愿就是给你拍一套美美的照片，让你安心，但是哥太穷 × 了，下个月的房租都还没有凑齐，就连护手霜都没有……"

　　我说："我要休息了。"他回答："妹，和你聊天很开心……"

　　其实我是不完全相信星座的，但是据我观察，叶阐这只金牛真的很！顽！固！心里根本听不进别人的意见！（怎么有种开批斗大会的紧张感……）其实完全可以用"太追求完美""太严于律己"等好看的词语来做标题的，可是栏目导演要求"一定要用贬义词做标题"！所以，顽固又帅气的 air boy 美少年不会跟我计较的吧？（反正你会找到各种机会报复我的……）

　　事情发生在帮叶阐拍照时，有两次拍摄现场有他不太熟的人在，所以面对大家都觉得不错的片子他没有直接说拍得不好看，只是一直在坚持"我再试试那个动作吧""我的脸要再往左倾斜15度""我躺下你从我的脚那边拍过来怎样""要么把衣服脱了"……

上周我独自帮他补拍，试拍两张后，他说："只能从我的左脸拍过来，右边一点光都不要。"并且开始动手把影棚里所有各种功能的灯都移到他的左边去了……我："你会调灯光？"叶阐："不会啊，但是把灯都拿到一边去就行了吧应该。"我："……"拍完选片子的时候，叶阐面对一堆青春洋溢的照片一边删一边说："这张角度不好……这张脸显得太肥……这张根本不像我啊……"

你这儿 ××，你家里人知道吗?

痕　痕

　　你这么灰暗，你家里人知道吗?

　　今天要说说我的摄影之友叶阐。他简直过着禁欲一般的生活，我们常常中午相约去吃饭，在路上我会告诉他我的计划，买一部相机啦，拍好看的照片啊。他说，你千万别买，买了就是在家里吃灰，你一定不会用的，还浪费钱，到时候又不满足要换镜头，又要上万……起初我听他说得有道理，以为他是真心在劝我，但后来我才知道，这是他在禁欲模式下自动说的话。

　　比如，我问午饭吃什么，想不想吃好的呀? 他说不用了，吃五块钱一碗的小馄饨吧，或者三块钱的大饼。比如，我想去清迈看水灯节，他说，别相信网上的照片，现场肯定不是这个样子的，照片都是骗人的，到时候根本找不到什么水灯。比如，我想过年去广州吃好的喝好的，他说，会没有想象中好玩的。他说，出去玩最无聊了，生不如死，要去什么地方，直接把自己 P 上去就好了，谁知道你有没有去过，就算你真去过又怎么样……

　　就连我在朋友圈发一句话"我想放飞"，他就紧接着回："又发作了……"够了! 叶阐你这么灰暗，你家里人知道吗? 老娘相机买起，旅行走起，拜拜了您哪!

消失宾妮

　　你这么拖稿，你家里人知道吗?

　　……其实我想改成，你们这么拖稿，你们"天秤座"知道吗! 咳，好! 这次我揭露两个拖稿常客的故事……我有两个天秤座的死党，而他们两个都是拖稿达

人——爱礼丝和冯天。关于这两人拖稿的故事，我真是写不尽啊……他俩拖稿也是非常有特色的，绝对不是平常的那种"不写"。爱礼丝的拖稿历史太漫长了，大家可以从《灵壳》追溯起。我作为从她构思期就一直盯着的人，后来眼睁睁听着她说"如今心态变了，想写的不一样了……想重新写……"重写一次，后来过了一阵问"写了吗？"复答："又想改改……"去年的《灵魂运算》也是，连载完了以后，我戴起小帽吹起口哨就开始督促她。督促的故事是这样的，问："连载之后的段落写得怎样啦？"答："我在顺前面的几章，顺好了就继续！"第二次答："写了呀！（怎么字数还没变？）顺的过程中改的也算写啊！"至于第三次的答案，就请参考《灵壳》的那句"心态变了……"

而冯天呢，他写故事的方法也是很奇怪的。开头几万字，中间几万字，结尾写一点。分好了各个部分然后他一个部分一个部分描绘，每次我问他要："你那几万字给你看看先，我帮你给点意见！"他都会说："中间差的还没连起来，回头顺好了给你看"（听起来怎么这么耳熟……），也就是说，他像做风筝一样做好了好几个部分的架子，我就看过头，据说还有肚子和尾巴，但是完整的一直没做出来。直到有一天，离交稿大概只有几天了，这时候他忽然上线跟我说"我决定放弃。"哎？？

……你们这么干，你们天秤座必须得知道一下。

解学劝

你这么冰清玉洁，你家人知道吗？

去围观一个摄影师朋友拍某个女顾客，见了面，有些近视的我只看到对方浓浓的两个黑眼线圈跟下面一个红唇圈。她很能说，几乎没有别人置喙的余地。

"什么叫这个季节不适合拍外景？我要的就是与众不同的 feel。"

"你现在看我的妆有点夸张，但在严冬的背景里是刚刚好的。"

"海边的效果不好，你不要发表意见，我付钱给你，你只管按我的要求拍，OK？我们要去结冰的湖面上拍。"

一行人好不容易在某公园找到一处结冰的湖面。摄影师跟她在湖面上小心翼翼地进行拍摄之后，对方仍不满意，要求："把冰面凿一个洞，然后我探出半个身子，就是那种给人很冰清玉洁又很惊艳的感觉，把我想象成破冰而出的小龙女。"我们纷纷觉得不靠谱，但对方太执着。后果可想而知，俩人双双落水，庆幸湖水并不深，对方刚从水里爬出来就去抢摄影师的相机看，我看着被包在毛毯里像一个孕吐的蚕一样一边发着抖不停咳嗽一边对着相机的照片皱眉头的女人，突然想起笛安姐那句铿锵有力的咆哮——你们根本不懂女人！

你以为你们姐妹间的小秘密就不"哔——"吗！

郭敬明

看见我的名字，有没有很亲切啊？！啊？！有没有很怀念啊？！啊？！

在我离开 I WANT 的这些日子里，在山中无老虎小崽子们充霸王的日子里，在我一心纵横电影界无暇分身的日子里，你们有没有很想念我啊！啊？！

老子又回来了！但是我竟然悲凉地发现，我曾经最自豪最擅长的八卦圈，竟然已经融入不进去了！所以梅骁和黄伟康看起来是一对的意思吗？所以陈晨和陌一飞是闺密的意思吗？所以消失宾妮喜欢网恋××情是吗？

所以冯天很饥渴难耐是吗？

我通通不懂了！

我只能抓一个老妹的料来爆了啊——被抓住的人不会开心的吧，老妹（mei，一声）这个称呼应该会惹毛这位老妹吧？对，我要说的老妹就是痕痕。（这么多年过去了，我说来说去还是这个人，我对她看来是真爱。）痕妹总是以单身状态示人，无限娇弱无限惆怅，总是能够在风雨飘摇的日子里孑然一身（然后拍照发朋友圈＝＝）。总是一个人孤独地出去吃饭，面对满桌美食而怅然说没人与她一起分享（然后拍照发朋友圈）。但是，被她否掉的男人都快从静安寺排到外滩了好吗？！今天那个 IT 男的裤子不好看，不能做男朋友。大前天那个搞文学的经济状况不稳定，无法长久。后天那个跳街舞的不要闹了好吗，啧啧啧……她完全就是在以挑房子的心态选择一包餐巾纸！我的八卦看起来更像是一篇人身攻击是怎么个意思……算了就这样吧。

吴忠全

　　说到秘密时，我总会情不自禁地唱起一首歌曲："夏天夏天悄悄过去留下小秘密……"但这次我要讲的是一个来自冬天的故事。那时我和李田整天厮混在一起，某一天他说给我介绍一个女朋友，我们就见了面吃饭，结果我没看上那个姑娘，还有点烦她，我以为就可以不了了之，可是李田又热情地约了第二次看电影，我全程不和那姑娘说一句话，于是李田就陪着她聊天，俩人聊得来，天南海北地说，他俩很自然地就谈上了恋爱。

　　如果这个故事到这里就结束了，那还真算不上什么秘密，事情的关键是，当他俩恋爱一段时间后，那姑娘竟背着李田勾搭我，我当时就蒙了，不知道自己该怎么办，拒绝是肯定的，可要不要告诉李田呢？告诉他俩肯定分手，不告诉的话，万一被李田发现了，我仍是陷入不义之中，在经过艰难的抉择后，我选择了对李田旁敲侧击，后来他俩分手了……可原因根本不在我，而是李田发现她和另一个人有了不轨之事……这世界真乱。

陈　晨

　　话说我和陌一飞飞姐虽然相隔一个大西洋，但是，我和她还是经常会联系的。时常半夜三更地和她发微信，然后莫名其妙地就聊了好几个小时。众所周知，她是出了名的大嘴巴，一些八卦猛料经常被她在不经意间爆出来，比如在上海的一些作者的私生活问题……（这样好吗？）比如一些作者的版税问题……（这样好吗！！）比如她看哪个作者不顺眼……（这样好吗！！！）比如她自己的情感问题。（这个我倒不是很 care……）

　　不过，虽然她现在自己一个人住了，可我并没有觉得她现在有多无聊，因为，她总是在不经意间提起："我下个星期和土豪去日本度假……""我住在代官山（东京富人区）""×××（某个帅哥）又给我订了去塞班岛的行程……""我自己没花过一分钱……""我今天又和××，×××（一线明星）去喝酒了……"

　　飞姐，你的八卦真的随便一篇都可以上《南都娱乐周刊》的头版了好吗！你轻描淡写地说出这些真的好吗？

　　我和林壁炫的聊天记录一旦泄露，估计很多人会跟我们绝交……因为我们两个道德帝总是喜欢站在制高点吐槽别人与自己。例如有次他问我在《风象》的连载如何，我说挺顺利的，连载嘛肯定对出单行本有帮助的，他就吐槽"帮助你首印从一万册变成一万二吗"，他一直觉得《风象》的读者爱看散文胜过爱看小说，在这图书市场一年不如一年的光景里，就连消失宾妮居然都能凭借散文集枯木逢春，然后我们就开始吐槽她现在事业爱情双丰收，有个开咖啡店的男友。可在这一切美好开始之前，她明明和我一样是个爱情的失败者。

　　去年七夕时，我们相约买醉。那时我分手，她发邪疯地暗恋一个丑男（不是我人身攻击，那个男的真的很丑，又胖又 low 又穷），而且宾妮和他也只在游戏里稍微有点交集……我只能一边劝一边骂，看着她每天神伤，以泪洗面，就在这时，她的真命天子出现了，也是游戏里面的朋友，来 YY 给我们唱了几首歌（歌声棒到让人耳朵会怀孕的那种），然后微信不停地安慰宾妮，就这样大概一星期后吧，宾妮甜蜜地告诉我，他们在一起了（所以我是输在不丑不胖，不会唱歌上面了吗）……

Chapter 2
不服来战篇

我，你值得拥有

郭敬明

　　说到我，还需要自我吹嘘吗？我的人生不就一直在演绎着一个叫作《万人迷》的电视连续剧吗？你看看小青小叶每天对着我流口水的样子（我发誓我没有每次她们吃饭的时候就摇铃铛训练她们……），就知道我多么地"值得拥有"。

　　我每天顶着一张小 SHOU 脸在公司里面晃来晃去，拥有我的话，如果你有哪个仇人，你就只需要把我派出去和他合影，瞬间，他就会被自己的大脸刺激而死。我真是一件异常顺手并且杀人不见血的绝世兵刃。

　　同时，我拥有出类拔萃的幽默感，每当大家其乐融融地围坐在我的身旁，听爸爸讲那过去的事情……的时候，大家都笑得前仰后合皱纹泛涌；当我说"哎哟小青你的门牙太整齐了就像一匹马，我看你笑的时候总想顺手塞一把草之类的东西进去"的时候，大家笑得梨花带雨；当我说"哎哟，小叶，你笑起来眼睛弯得多可爱哦，就像四条眉毛"的时候，大家笑得春蚕到死丝方尽。

　　并且，我非常具有男性魅力。看过我不穿衣服样子（……）的人，都知道，我美少年的脸下，是一个肌肉男的身躯，那些结实的胸肌，那些精瘦的腹肌，都是无数少女和人妻（比如阿敏）的心头梦幻。

　　当然，最后的最后，我还是一个浪漫的作家。你收过情书吗？你收到过的那些玩意儿和我的文笔比起来就是个屁。如果和我在一起，如果你拥有了我，你就拥有了无数本爱情小说，你的每一篇情书，都价值百万……

　　还等什么？赶快拥有我吧！（当然……报名人数太多，需要择优录取。）

痕痕点评

　　说真的，当大家被小青笑起来像一匹马的笑话逗得前仰后合的时候，我在一旁非常地冷静，我觉得小青真可怜，她牺牲了自己的形象成全了大家的快乐，多不容易。想拥有小四的你，能做到吗？

痕 痕

身为狮子座的我，内心是很骄傲的，但是骄傲的同时我还拥有过人的智慧，我知道一个人的优点和缺点是成正比的，一个人能将自己表现得多优秀，就证明其隐藏缺点的功力有多深。

我就说一些比较显而易见的优点吧。我处事冷静，比较有责任心。比如一次接到小四的电话，他遇到一些困难。我先前刚把一张面膜贴到脸上，但是挂断电话后，我一刻也没耽误就顶着面膜出门了。（你知道，洗脸要很多工序，很花时间……）到了他家楼下，我才把面膜撕下来，一边和他说话一边擦着脸上的水，这一点恐怕没人能够做到吧。（--）

我不擅长对别人虚伪，好就是好，不好就是不好，即使被否定，也不会轻易改变自己的立场，不会见风使舵，不会见异思迁，更不会见人说人话见鬼说鬼话，总之自己是一个靠得住的人，从来不会与人周旋或利用别人（这多么难得啊）。

另外，我脾气可能不是很好，但是从来不对身边的人发作。我是一个感性的人，有真性情，但是从来不让自己的负面情绪影响到朋友，也不会对朋友提什么要求。我享受自自然然的相处过程，合得来就合，合不来也从不勉强。我享受开心愉快的感觉。

自然，我的缺点也有很多，但是这样的我，聪明，有见地，又坦诚，已经充分值得拥有了吧。

小四点评

在你觉得美痕"值得拥有"的同时，请你先"必须拥有"一个清洁工……美痕，无论你如何掩饰，发行量百万册的全国第一的文学杂志《最小说》上，白纸黑字地都记录着你对你淡定而见怪不怪的提醒："你把你房间的门关一下好吗，垃圾都吹到客厅里来了……"

说实话，我不是很擅长夸赞别人，更不擅长夸自己。下面我就简单介绍一下我的一些生活、工作习惯吧。

在工作上，我比较认真负责，勇于表率。在工作非常紧急而又做不完的时候，我会无怨无悔勤劳加班，曾经两天两夜吃喝拉撒睡在公司。与同事建立有良好的互帮互助、共同进步，同吃同喝同睡（……）的亲密关系。被授予打不还手骂不还口的"甘愿被调戏良好表现"勋章。

在生活中，我是一个很爱干净的人。力求做到卧室、客厅、卫生间物品摆放整齐规范，定期整理房间，垃圾分类丢弃。眼睛里容不得一丝脏、乱、差，并会帮助同住人员积极改正一些不合理的卫生陋习。偶尔还会做一些美食跟大家分享，虽然不是很精通，但是我很有学习和开创精神，对生活抱有积极向上的态度与美好未来的憧憬。不抽烟不喝酒，无任何不良生活习惯。勤俭持家，内心温暖。能歌善舞，精于演绎哈士奇、苏格兰折耳猫等名贵宠物的经典表情。

由于版面有限，我的自我介绍与评价（兼征友启事）就写到这里，欢迎各位同学验证监督。

陌一飞点评

如果能娶到西美人，你就是前世修来福气了，他会和你说你主外，我主内。你每天出门前他会和你说，请走好，家里就交给我啦～另外回了家还能给你来段歌舞表演，陶冶情操。绝对是女强人的首选。

这次的选题叫"我，你值得拥有"，其实我想说，拥有了我，你不仅拥有了善解人意、温柔体贴的朋友，你还等于拥有了一位公主（我只是欠缺一个头衔而已）。

要知道，公主不是随随便便就能产生的，是要在特定的环境下慢慢培养的。我从小就受到良好的教育，气质优雅，谈吐幽默。很多人都想和我做朋友，从幼儿园开始就是如此。即使有少数不合群的，我也会邀请他们和其他朋友一起到我的城堡里去玩。儿时我最喜欢的小说是《爱丽丝梦游仙境》，也因此从那时起就热衷于茶会，那时候爸爸就给我买了游戏机，我们家还养了狗。经常会有很多的小朋友聚集在我家，打游戏、玩画片、打弹子，或者逗狗，每个人在我家都能找到他们自己喜欢玩的……我们会定期举行这样的活动。除了我，其他所有的参与者会轮流地负责结束后的打扫工作。

除此之外我也一直热衷于艺术，绘画、雕塑、钢琴都是我的爱好。尽管小时候因为种种原因，没有请专业的老师对我进行教学，但其实很多东西都是与生俱来的，在我明白了这个道理之后，我就一直通过自学努力成才，至今已经有很多作品流传在民间。

作为一位公主，虽然我手不能提，肩不能扛，一般也不会去管生活上的琐事，但我想这些都不重要。作为一个公主，首先我能给你带来视觉上、心灵上的双重享受。有我在你的身边，你就能明白和一位公主相处是一件多么美妙的事情，这绝对是你在普通的生活中体会不到的。

那么就说到这儿吧，我该去喝下午茶了。

自由鸟点评

阿亮亮，别闹了，犯不着为了世人而隐藏自己邪恶的另一面。拿出来吧，我知道，你有的。真的，咱们上节目就掏心掏肺一点，你肯定有，不然你爸爸干吗在家三天两头就对你咆哮："你这样怎么可能嫁得出去！""你这样谁敢娶你！"……（感谢资料提供人：郭英俊。）

李 枫

想来想去，自己实际上是个有个性的人吧……别说得这么虚弱好吧……你不也虚吗……总之我感觉从小到大，自己都是一个很容易让人心疼的孩子，可是在这样的环境下自己渐渐出落成了现在的样子——在家很小孩，在外很男人，好囧。（我自己都要吐了……）

这个就是我现在觉得"你值得拥有我"的重要理由。我是个很恋家的人（黏人），因为以前经历过一些，所以知道珍贵是什么，同时我很懂事的。不是说"每个男人心中都有一个小男孩"吗，确实是这样的。（看看人家小皇……）在家，也就是在室内，我的智商马上会回到六岁，我连切菜都不会！以前到处说自己会做饭，其实做的都不是人吃的……我是个依赖心很强的人，也因为这个，有好几个暗恋我的人说过"你好让人心疼啊"。

而在外，以前也没有被灌输什么"男人就要在外独当一面"的思想，从小学开始就是个天天看漫画，沉浸在自己的世界里的小孩子，初中渐渐变得聪明起来，也许真的是按照自然规律走的，现在确实在外很男人了。有几次和异性一起出去，我能感觉到走在我身后的她们，眼神里充满了情欲的味道……因为本来不尴尬的到最后她们说话都很做作＝＝所以一个容易让人心疼同时能保护你的男孩是不是很有诱惑力呢……

虽然我现在在吐……我不能夸自己，我没有夸自己，我不会夸自己……不过，真的，嫁给我不错的……吐……

肖以默点评

我想对女孩子们说，嫁给我们李枫绝对很幸福，因为在家他就是一个小男孩，你要像个童养媳一样伺候着他好吃好喝，到了外面，他会变成一个真正的男人，独当一面，出手阔绰，充满情欲，只是对象不一定是你……

作者大战编辑

郭敬明

大战？有什么好大战的？作为作者，我从来不需要战，我是众所周知的"无冕之王"——在拖稿方面。因为我的战斗力实在太强，几乎到了能够"瞬杀"所有编辑的程度，所以，在追稿方面，对一般作者能够奏效的方法，对我完全没用；对一线作者才会偶尔使用的撒手锏，在我这里，也是完全免疫……所以，战局就变成了一面倒："四爷，已经凌晨三点了，你不要再打游戏了好吗，你现在就下线，去写稿子，求你了，我明天早上八点还要起床上班……"——我没在打游戏啊，你怎么能冤枉我呢，我在看美剧！"四爷，你不要再说什么猫把你的键盘偷走不肯还给你这种话了，这种话我接受起来有点难度，你能不能稍微费一下心想一点合乎人类常识的理由呢……"

——真的，我不骗你，我刚给猫发短信，它回我说要是不把它的猫粮换成更高级的进口货，它就把键盘敲碎，它会撕票的！

"四爷，你明天一早就要交稿子，你就不要再组织大家陪你去看午夜场的电影首映了，看完就三点钟了……"

——电影时间没那么长，只有两个小时，所以，应该两点就能到家了，你放心吧。

"四爷，我从外公生日宴会上赶回来了，听说你写完了？！太好了，现在发给我吧！"

——我还差一个结尾，你稍微等我五分钟哦！

（三个小时过去了……）

"四爷四爷，你还在吗？结尾写好了吗？四爷你怎么下线了？"

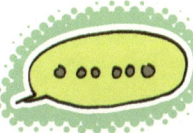

落 落

　　我不知道为什么要用"大战"编辑这样不和谐的说法来扭曲作者和编辑们之间的感情呢。想我和历任编辑现在都建立起了深厚的友情啊，现如今谁还能第一时间知道我的大姨妈周期，知道我家的物业电话，知道我的医保卡号码和父母的工作地点呢……记得一次睡到一半梦里的飞机刚刚坠毁，门外有人砸门，我迷迷糊糊加不耐烦："谁啊？！！！"门外："我是物业的，你的同事打电话来说一直联系不上你，你家电话一直忙音，让我来看一下。"……连这种终极催稿手段都使出来了，多么感人肺腑啊……以后会不会直接打110啊？而懒惰如我冷漠如我，也只有面对自己的编辑时，才会对她们的行踪掌握得如此透彻，从来电铃声就能判断是不是她们的电话，并且动不动就用"你不陪我你这辈子都不会收到我的稿子了"这种温馨的威胁来逼迫编辑在即将要去赶飞机、搬家前一天的"危难时刻"陪我去吃火锅……实在是感人肺腑啊……而日常生活中和编辑最频繁发生的对话让我甚至觉得有点时光重来般……"我好困啊！！！"　"＝＝你要么就去睡要么给我写。"　"我去睡！"　"＝＝选择也太快了吧！你都不会良心不安吗？！"　"不会。"而事实上是往往过了半个小时，她还在网上陪我聊天，绝对是感人肺腑啊……我好想缠着她们生生世世让她们永远不得安宁……

千 屑

　　想必每个作者都接到过编辑的电话，不论是通知事情、催稿、核实情况……而想到"接电话"这回事，就想起自己身上的一个从小到大的诅咒，那就是：越是重要的电话越容易接不到。

　　小时候是外出后爹妈的电话，大学时是同组作业搭档的电话，工作了是领导的电话，画漫画后就是编辑的电话。严格来说，这并不是编辑的问题，但是这个诅咒在与编辑的交流上愈演愈烈：一般来说，当我挤在踮起脚尖转不过身摸不到包的罐头般的车上，当我正在洗脸满脸满手满脖子都是泡沫还流进了眼睛，当我身处的房间除了我之外全家都在睡觉，当我正在艰辛地拉屎（……）且无法中断——编辑 Kim 酱的电话就来了。正因为有这诅咒在身，那段持续两个多月的诸多蛀牙治疗期间，每次躺上治疗椅，我都把手机贴身放在裤兜。即使这样也很麻烦，如果正叼着取牙模的泥，那么该怎么接电话……该用"哼哼哼、哼哼、哼哼哼哼……"的密电码来和 kim 酱说"这次的《青白》是 22 页"之类的吗……好在这没有发生。不过，确实有一次接到 Kim 酱的电话时，牙医的钻子正在我的牙齿上雕龙描凤……

很期待未来，会不会在世界末日的某天，我正在大洪水上划着橡皮艇还躲闪着火山飞下来的石头时，会接到 Kim 酱的电话：千厣仔，这次的《青白》大概什么时候好呢……

亲爱的我已经在写了，你也早点睡哦！不要熬夜哦，我知道最不容易的其实是你……BLABLA

……总之快交稿！

疏 星

编辑这种动物（……）就是心软！拖稿从来都不是一项体力活而是技术活！技术！特别是像一梨亲这样贤内助般好脾气、连催稿微信都发得无比温柔的编辑……所以这时候，作者的 QQ 签名和微博也要苦情计一点啊！女人这种动物就是刀子嘴豆腐心！比如在她催稿的时候，发一些"革命困难时期，没钱没精力没时间，拒绝一切破坏我和我贤惠编辑感情的饭局酒局影局"的微博，让泪点低的女人好好感动一把。比如当她还像等着收麦子的小媳妇一样等着你的稿子，并玩命一样地说"这样吧我在这边等着你写完再睡"（……）的时候，比如当你人在演唱会现场挥舞着荧光棒或者在 KTV 拿着麦从《伤不起》吼到《算你狼》的时候……放纵挥霍的你也会像一个负心汉一样心生愧疚感的…… 不是有句名言说"今朝有酒今朝醉，明朝拖稿接着睡"吗？（众：是你说的吧！）就像花花公子和那些痴心女之间的拉锯战一样，平时拖稿就算了，可是逢年过节的时候你一定要摆出一副洗心革面浪子回头的面貌啊！"亲爱的我已经在写了，你早点睡啊！不要熬夜哦……""我知道最不容易的其实是你……这世界上我除了我娘亲最对不起的人就是你……""像我这种没什么名气还那么摆谱的作者真是该臭。反正最世又不是我一个作者。一天到晚就知道抱怨不干实事，真以为自己多大牌啊！"（看到了吧，让听觉动物的女人心软的方法就是要自我批评和认错知道吗？！）

他们的审美我永远不懂

胡小西

　　说实话，刚开始我并不觉得是审美问题，我以为只有这样那样才算是"女生"。直到从满大街都是发梢像坠了铅球一样笔直的离子烫美女时期开始追溯时，我才发现我深深地误会至今——并不是每一个女生都要这样的。那段时间走在马路上，十个女生中有八个是无法从背影判断出她的样貌的。（脑海中突然闪现罗姓美女回眸一笑的动态表情……）后来韩剧盛行，又开始流行"棒子头"——满头玉米棒、爆米花、小花卷啊——直发清纯少女立刻变身大婶了啊……不过这些都没有蛇精锥子脸来得冲击力大，再戴上五颜六色的美瞳放大片，如果有尾巴卖，我会买来送给她们的……在这个人人都在减肥瘦身的年代，女生除了忌讳跟别人撞衫，不是更应该避免跟别人撞发型撞脸吗……

　　还有一点我一直不能理解——在指甲上、手机上贴钻石类的凸起物。是因为现在都是男主外又主内，不需要女生动手劳动了吗，还是越来越把自己当成展览品……布满"钻石荆棘"的手机拿手里不嫌硌吗，一身职业办公 OL 装，从包里掏出贴满亮晶晶水钻的手机……我只想说，在理解女性动物的道路上，我还有很长一段路要走。

郭敬明

　　但我身边有一群女人啊，她们永远在用她们匪夷所思的审美不停地折磨我，她们对待我的态度，就仿佛一群脑子被硫酸泡了的疯狂科学家在对待一只善良的小白鼠，她们总能变着法儿让我崩溃而且痛不欲生。

——她们会在牛仔裤或者丝袜外面，套上两双颜色恶俗、材料劣质的所谓的袜套。当她们在腿上套上这两只莫名其妙没有任何功能和美感的东西之后，她们就以为自己真的成了东京表参道上的时尚辣妹，拜托，日本妞们早就唾弃这个东西了好吗？！而且就算瓢泼大雨，她们也照穿不误，两腿厚厚的泥浆子，仿佛一个在菜园带着袖套刚刚刨完红薯的大妈，只不过是把袖套穿在脚上而已。你们告诉我，哪里好看了？哪里时尚了？哪里让你们自我感觉"老娘卡哇伊啊，粟米马赛"了？

　　——她们还会把蕾丝小短裙，蕾丝小衬裙，蕾丝长裙，蕾丝牛仔裤，蕾丝背心，蕾丝外套，蕾丝胸罩，蕾丝披肩一起穿在身上！仿佛一个行动着的千层荷包蛋！而且还美其名曰这叫混搭，叫叠加，我求你们了这不是修别墅好吗，还叠加！我还独栋呢！看着你们仿佛刚刚偷了窗帘裹在身上的样子，我真的是万念俱灰，你们告诉我，哪里好看了？哪里时尚了？哪里让你们觉得"老娘是城堡里苏醒过来的公主，kiss me please"了？

　　——她们永远不能体会到黑白灰的高级，永远在迷恋恶俗的大红大绿。我实在无法容忍那些粉红色的披肩翠绿色的公文包，鹅黄色的围巾和湖蓝色的手机壳，再加上无数廉价而又低档的假水晶假水钻，把自己弄得像一个街边的旋转霓虹灯。你们告诉我，哪里好看了？哪里时尚了？哪里让你们自我感觉"闪闪惹人爱，哦，越闪亮越爱"了？！

　　——最后，我真心不喜欢女孩子穿球鞋穿帆布鞋，而且还脏兮兮的，鞋面比我的鞋底都脏！你们就不能好好地穿高跟鞋吗？那才是你们的正路！你们以为穿着一双看起来仿佛被挖掘机刚刚从秦始皇陵兵马俑里挖出来的破球鞋，就能成为头发像海藻，光脚穿球鞋的七月与安生了吗？你们醒醒吧！你们告诉我，哪里好看了？哪里时尚了？哪里让你们觉得"我掌心有一个劫难，灯芯绒的男子，他无言。岁月静好。安。"了？！

　　放过小白鼠吧！你们这群吃错药的女流氓！

陈奕潞

男生的审美……我最不能理解的就是他们对颜色的搭配。比如黑色的漆皮皮鞋配蓝色的牛仔裤，黑色的漆皮皮鞋配米黄色的西服裤，黑色的漆皮皮鞋配热带雨林图案的短裤……虽然黑色是万能的，但这样会让神抓狂的……还有就是男生总认为女生一定喜欢那些粉嫩粉嫩的东西，去年圣诞节我同学就收到了一条粉红粉红的围巾，上面的图案，是球鞋（……）这就不能说是审美了，是 bug，是病毒，是会破坏友谊爱情和家庭团结的易燃易爆物。有些男生染了粉红色的头发站在街边卖棉花糖的小贩身旁我不知道他是想干啥。还有染成草绿色的、青灰色的、浅水蓝的，我每次看见都不由自主地想起我家那只英年早逝的小巴西龟，心头涌起阵阵感伤。前些年流行粉色衬衫我还觉得挺好的，可是有些人把自己晒成棕熊一样的巧克力色之后再套上粉色衬衫再套上薄荷绿的马甲就真心要了交警的命了……

琉　玄

要问我对男生审美的不理解之处？我可以写个万把字的分析报告吗？不能吗！好吧，那么我先说个首当其冲的：留指甲！我最恶心男生留长指甲，你们显然不是为了涂指甲油吧？那么是为了抠鼻孔吗？你们的鼻孔有深到需要那么长的指甲吗——话说回来，如果你回答为了做美甲，我好像转念一想又能接受你了，从此以后咱们做好姐妹吧亲！但是鉴于我比你爷爷们得多，还是做好兄妹比较合适，当然是我兄你妹啦！娇滴滴的你就由老子来保护！（……）再然后讨厌的就是和长指甲简直仿佛配套出现的留长发了！大爷！就算想要做英雄好汉现在这个时代也不流行长发飘飘了哇！如果你实在喜欢做个背影美女，麻烦能不能洗得勤一点呢？那个头油流到肩膀了啊啊啊——

千 腐

想说的不是某些男生的穿衣打扮,而是言谈举止——说白了就是耍帅扮酷的方式……

1. 学韩剧少爷:动不动一脸不高兴还自己觉得挺深情,学韩剧少爷用较为高傲的腔调讲话,言语唐突,不懂尊重。谁看了谁烦,但还自以为有韵味。并不是人人都像妈一样爱包容,别拿白目当帅气。幸好没学美式英雄片,不然这货还不得学着从高空跳下……

2. 无病呻吟玻璃心:这个属性放女生身上都不招人待见,更别说男生。动不动就"他们不懂我的忧伤""脆弱而纤细的心"的无意义文艺腔,浓浓的少年不知愁滋味为赋新词强说愁。真的有烦恼的人,别人是看得出的,他本人也谈得出实质。而你们,需要的是生活的烦恼跟妈妈说说,工作的事情向爸爸谈谈……

3. 吹牛与过度解读:这条是我本人最烦的,也是最常见的。他们渴望被当作成功人士,满口成功案例,好像世上任何伟绩都有他一份。且他能从一碗面看出整个民族的脊梁,皱着眉头做成熟男人貌,能把一切都过度解读成"社会怎么了"之类的话题。殊不知这种装字母行为恰恰说明他弱爆了,需要被生活多抽打几顿。

我会告诉你我有这项特殊技能吗?

消失宾妮

　　写稿手工旅行什么的都是小菜，看书神速过目不忘这年头也不算什么新闻了。我的特技……说起来，自己也搞不明白，就是——不会醉。不是真的不醉，而是就算再怎么醉，底线和意识都摆在那里！都不会乱来（说几句大话还是会的，人要乐一乐好吗）！并且可以分清方向，踩着14cm的高跟鞋爬七层楼把自己送回家！！！所以我的特技是——在把自己送回自己那窝以前，神经里某一根一定绷着！！不能醉！不能乱！不能倒！印象中有一次，我已经快吐了……四爷看着我苍白的脸，告诉我，你别去找厕所了……就吐这垃圾桶里，没事……没事……在他柔声细语的安慰里我感到阵阵放松，但想到这是大庭广众之下，于是我一扭头，头也不回踩着高跟鞋唰唰唰唰既摇晃又平稳地抵达厕所，然后……松开自己的神经，吐了。如此例子大概数不胜数，每次要垮之前我都拿出了跑八百米要坚持最后五十米的那个灵魂，告诉自己——"亲爱的，相信自己，你可以回到家再垮。相信我。"我会告诉你这项特技从未失败过吗？（所以为什么不少喝点？）

舞小仙

　　特殊技能是吸掉周围生物的生命气息，简而言之就是："养什么死什么……"因为本人有很强的宅属性，生存技能基本为零，所以跟我相关的生物都有一个悲惨的命运。首先可以从小动物说起，年代久远的动物就不说了，记不清楚了。比较近的是大学时候养了两只小仓鼠，公的叫"小鸡"，母的叫"小鸭"。"小鸡"生命的结束点是我给它洗了次澡，（我真的不知道不能用水，真的不是虐待狂……）它呕吐了几次就闭上了双眼……我不会说"小鸭"最后是被我活活饿死的！几乎都忘记了它的存在！我真是太差劲了！毕业后养的仓鼠也很短命……

咳咳，别以为只有动物才会被我养死，坚强的植物也逃脱不了悲惨的命运！第一次我养了一盆仙人掌，在室友的督促下经常给之浇水，呃，不错不错还活着，后来我把它放在阳台上，我觉得经历过风吹雨打它肯定会更茁壮，可是过了一个假期回来，什么？尸骨无存就剩一个盆……第二次我又养了一盆仙人掌，是不是太小了呢，小到它都全黄了我都没发现……去年养了一盆仙人柱，它还是很坚强地活了大半年，值得奖励，所以黄了我也没丢掉放在桌子下面的地上，然后经常被猫咪蹂躏……很欣慰的是现在养的猫咪很健康，可能是它除了吃饭平时都不鸟我我离我远远的缘故吧。反正一句话："珍爱生命，远离 me 啊！"

宝 树

　　我的特殊技能是——做梦。

　　从十来岁开始，我发现自己每晚都会有梦，无论是筋疲力尽倒头就睡，还是伴着月光悠然入眠，无论是烦躁地被吵醒，还是神完气足地自然醒，都会有许多梦交错其间，任何一次醒来，都是从长得宛如一生的梦中回到现世。本来我以为人皆如此，但问了许多人才发现不是这样。我没有真正睡着的感觉，而仿佛永远从一个世界漂泊到另一个世界。最初我觉得这是病态，惴惴不安，但后来却发现这很有趣，因为我的生活无形中比其他人长了很多，而且拥有无数种其他的生活，美好的如初恋般浓烈，惊悚的比恐怖片更诡谲。后来我还学会了召唤梦的法术。虽说不至于想梦什么就梦什么，但临睡时回忆一下少年往事，多半就能梦到当时旧侣，或者想着正在构思的作品情节入睡，梦中也有机会和那些

人物共舞，令灵感突降。要诀是放弃用理性思维，而要激发自己的情感，跟着感觉走，进入到那种恍兮惚兮的意境，相应的梦境也就不远了。

当然，最重要的是，临睡时绝对不能多喝水，否则无论在任何一类梦里，我都会在厕所间奔跑，无法解脱！

冬筱

我自幼习得一独创招式名为"心火"，这是文艺叫法，说得直白点，称作自我发热。闭眼，挺胸，收腹，提臀，十指交叉，四肢绷紧，丹田发功，五脏扩张——如此三分钟，38.5 摄氏度，屡试不爽，精确至极。

此乃神技。

不想考试？闭眼神游，呻吟，告诉同桌叫老师来，老师来，摸额头。"那么烫！"老师已慌，赶紧让同桌搀我去医务室。到了医务室，我只需凝神屏息三十秒，反复两次，热度即退，神乎其神。磨蹭一会儿，好了，不仅逃过考试，还有恩于同桌，次日他得分我两片五香牛肉干。

想吃麦当劳？点燃心火，召唤我妈，含糊咕哝"真是难受"或者"不想活了"。我妈匆匆拿出体温计，38.5 摄氏度。"儿子生病了，想吃什么，让你爸回来路上给你买。"呵呵，汉堡大约就是退烧药。

当然，近些年，我已经很少需要使用这个技能了，于是技艺退步得快。一日上班，无聊得紧，忽然想起旧时把戏，试图重温那种随心所欲的快感，施展心法，成功 38.5 摄氏度。不过这一次，无论我怎样努力，都无法退烧了。一连高烧三日，痛不欲生，夜间幻觉缠身，竟都是儿时发热的场景——打着点滴的我幡然醒悟：从此世间神技失传。

只是当时已惘然。

那些年我们拍死过的 ×××

吴忠全

上中学那会儿，学校每年除了自己举办运动会，还要参加很多次其他运动会，代表地方，代表区里什么的，于是每个班级里都会选拔几个运动生，腿长的跑步跳高跳远，体型胖的掷铅球等，我在班级里身高也算上等，但我这人懒，不想累着自己，就和老师说自己身体不好不能剧烈运动，从而错过了成为运动员代表学校争光的机会。后来班级里要重新选拔体育委员，要从参加过运动会取得过好成绩的几个搞短跑的男生中挑选，我本身对体育不感兴趣，但我当时想想当体育委员，因为觉得做课间操的时候可以在最前排领操这件事很酷，于是便和老师提出我也要参加选拔。

老师当时就很鄙视地看着我说你没资格，我说凭什么，我不一定跑得比他们慢！于是老师看我自信满满（也可能是想让我出丑知难而退）便决定让我和其他几个运动员比赛一次，跑百米。当时几个运动员穿着短裤站在了跑道上，而我却穿着长衣长裤，老师走过来提醒我要不要把外衣和裤子脱了跑得更快，我犹豫了一下觉得他说得有道理，便脱了外衣又脱了长裤（当时是深秋，可天知道我怎么穿了条红色的秋裤），于是我在同学们巨大的笑声中，在深秋的寒风中，像一道红色闪电般冲过了终点线，意外地赢得了比赛也赢得了那一学期的体育委员。

现在回想起来，那几个男生估计是看傻了……

陈楸帆

一年夏天，公司来到香港黄金海岸举办年会，那年竞争最激烈的游戏居然是"比比谁腰好"。在微微海风中，一群穿着华丽晚礼服的外企男女，伴随着夏威夷草裙舞的曼妙音乐，排着队，来到一根放平的木棍前，你必须像《黑客帝国》里的 Neo，在子弹时间里身体向后弯折，完全凭借腰腹力量和身体的平衡性，从木棍下面钻过去。木棍开始是 1 米，接着是 80 厘米，60 厘米……有的人爬了过去，有不自量力的胖子用肚子把木棍顶了起来，有的贱人直接跳了过去，最后剩下我，和另一个眼镜小哥，而木棍已经低到膝盖高度。小哥眼镜都被打掉了三次，终究失败。

我气沉丹田，弓膝下腰，大喝一声，整个身体像泥鳅般滑过木棍，几乎与地面贴平，我再运力，一个鹞子翻身，赢得全场热烈掌声。从此，每次进入公司电梯，总有陌生的女同事面露兴奋春光，在我背后偷偷指点："你认识他吗，他啊，腰可好了。"

冬 被

十年前，我青春年少放荡不羁酷爱飙车。所谓"微风吹拂起乱发的那个瞬间，觉得自己活着"，自行车就是我的一切。当然，和我一样骑车上学的一大堆伙伴全都自认是风一般的男纸，速度无人可比。毫无疑问，谁都想成为"最快的那一个"，于是一场超级赛车比赛已是大势所趋。当时高年级有些人甚至自赋头衔，例如"解放路飙王"或者"下城车霸"。我不屑一顾，觉得这些名号都是不自信的表现。

比赛在星期五下午，一共三十多名选手，浩浩荡荡，挤在学校门口。终点是几公里外的农业大学。说实话，大家的速度相差无几，但是我不断告诉自己，这个比赛我要赢。

于是，红灯在我面前全部都是绿灯。我目空一切地穿过汽车的河流，甩开我的对手，完全就是个不要命的疯子。依靠着惊人的勇气，我第一个到达了目的地，我激动地给自己买了一瓶雪碧。

据说，目睹我那天英武表现的人，无一不认为自己是懦夫。

管他呢，我活着，而且，我是冠军。

为了 ×××，我也是蛮拼的

郭敬明

为了看电影，我也是蛮拼的。

《小时代3：刺金时代》公映零点场那天，本来第二天从一大早开始就排满了整天的通告，我想着要早点休息的，结果微信群里那一群已经不知道看了几遍、剧本都能倒背如流的小伙伴（编剧、策划、改编漫画的飞姐等）还在闹腾着要去看零点场。当然，作为已经看了几百遍的导演——我——当然要高冷地表示"我就不去了"，但这丝毫不能熄灭他们的热情，开始使出撒手锏——在群里贴网络购票的上座率图……他们真的太清楚怎么样能让我的焦虑症发作了。从第一张某影院的上座率图贴出来我就开始坐不住了："怎么买票的不够多啊？""完了完了，票房要扑街了！""……不会真的扑街吧？！""……不行我要亲自去影院看看情况！"（……）在一系列复杂（……）的心理活动之后，我毅然决然地加入了零点场观影小组。为了不被认出，我在湿热的天气里戴着帽子口罩全副武装，在小伙伴们的掩护下来到某影院，然后一直在放映厅门口晃悠，直到里面关了灯才摸黑走进去跟做贼似的……直到看到零点的放映厅里坐满观众，我才总算松了口气……

痕　痕

为了采购，我也是蛮拼的。

仔细想想，我的生活里没有什么特别拼的事情，要说为了做一道菜花去几个小时的时间，这对我来说都不是个事儿，人生就是等价交换不是吗？但要说拼，大概就是累得像狗一样的状态吧。3 月和朋友去日本，只有短短几天，虽说是去玩，但我还是偷偷带了自己的任务，我列了一长串单子，买：日本酱油、寿司米、电饭煲、不粘锅、味噌、餐具、调味品、便当盒，还有化妆水、喷雾、文具等各类东西，当大家在银座的咖啡屋里吃着意大利料理，看着街角的樱花，慢慢悠悠地聊天时，我正一手拎着一个电饭煲，一手提着一袋大米，吭哧吭哧地走在陌生的日本街头……回国的时候因为东西装不下了，于是巧妙地借到朋友的旅行箱，结果下飞机时把人家的箱子都撑破了呢……这种时候应该怎么办啦，那就是爆发出一阵哈哈哈哈哈哈哈哈……银铃一般的笑声敷衍过去算了咯……想想我也是蛮拼的。

琉 玄

为了健康，我也是蛮拼的。

众所周知（……）我身体比较弱，分分钟昏倒。这样下去不行啊，想活久一点呢，搞锻炼吧又觉得运动很枯燥，所以就买了个体感器游戏机，就是那种对着电视打飞机，不，是打网球、滑雪、骑马的那种，这叫寓教于乐（这成语是这么用的吧？）……

又众所周知（……并没有），我在家不穿衣服（……），拜托这么热的天我连皮肤都不想要了好吗？！我就裸体打了一轮网球，我还赢了呢赢了职业级呢！正得意呢，我 ×，这电视上给回放了整个游戏过程的录像——不是游戏人物——是我啊啊啊，活色生香（……）啊啊啊啊画面太美我不敢看啊啊啊，然后我还找不到删除键……

原来这破游戏会保留最高纪录的游戏者的录像——这屋里就我一人，可不是我吗，呵呵——只能穿上衣服恼羞成怒气喘吁吁怒火攻心地再打一轮——还得跟职业级的打！！——覆盖掉。真的不想再碰了，心好累，爱不动。但是花了我两千块好吗……所以我现在就是平时裸着，打游戏的时候，衣冠楚楚。

Fredie.L

为了拍照，我也是蛮拼的。

对于拍照这件事情，我付出的血泪是这辈子最多的。大量奇形怪状的拍照姿势被旁边的同伴或者摄影偷拍这种事情完全是不值得一提的小事情。

在旅游期间没有摄助和同伴帮忙拿东西又遇到下雪下雨天气时，立刻变身千手观音，背后背着自己的背包，脖子上挂着同伴的相机，一手撑着雨伞，一手举着单反，两只脚中间还夹着同伴的行李的这种基本技能也不值得拿出来一说（你不还是说了吗）。

而拍摄的时候与模特一起感同身受和用生命拍摄才是一个专业摄影师业界良心的最佳体现。比如拍摄模特躺浴缸的时候，模特不太知道我想要表现的情绪时，我自己先躺下去了；比如在户外拍摄需要模特脱掉上衣模特害羞时，我陪一起脱了；比如在28楼的天台上为保证不穿帮的同时拍摄剧照，我在冬夜里把自己挂在了天台的栏杆外面，斜着站在只有30厘米的边缘上，一手紧紧扶住栏杆，一手端着相机，脚下则是呼啸而过的北风……为了拍照，能活到现在我也是不容易啊好吗！

肖以默

为了不麻烦，我也是蛮拼的。

我天不怕地不怕，就是最怕麻烦。只要不麻烦，我什么都豁得出去。饭可以不吃，澡可以不洗，婚可以不结，家门可以不出……小学军训的时候，我突然觉得后背越来越痛，同学说长了一个大包，让我告诉老师，我嫌麻烦就没说，一直忍着剧痛参加训练。坚持到回家又觉得看病麻烦，每天趴在床上嘴里咬着毛巾让家人帮我把里面的脓水挤出来。过了一星期还是不见好，才去医院做手术切掉了。医生说是一个痈，某种恶性毒疮，再严重点就有生命危险了。唉，太麻烦了。

从小到大，如果不是特别值钱的东西掉了或者忘了拿，比如手套、打火机、润唇膏之类的……我都干脆不要了，太麻烦啊。淘宝卖家遇到我也是上辈子修来的福，几千块的东西，即使有问题我也忍了，退换货实在太麻烦了啊。为了不麻烦，我曾经在下楼梯的时候直接往下跳了十几级台阶，因为一级一级地走真的好麻烦啊，生命为什么要浪费在这种麻烦事上？结果狠狠地把脚崴了，看着以奇怪角度扭曲的脚踝，我无奈地想，人生中有些麻烦就算绞尽脑汁也没办法躲开啊！😂

因为 ××，所以任性

郭敬明

因为瘦白，所以任性。

我知道大家都等着我填"有钱"两个字，哼哼，我偏不~（此处应该有三个doge 脸。）这小半年来参加了四个真人秀，搞得自己像个新闻主播似的恨不得天天在电视上跟大家见面（……），时间久了，据说我也有了颜饭（……）。对此，有一天，朋友们提出了心中的疑问："为什么你上电视很多时候都穿毛衣？还喜欢穿白色毛衣，还喜欢穿毛绒绒或者亮晶晶的毛衣，你不知道白色显胖吗？你不知道镜头会放大让人看起来很臃肿吗？"我淡淡地喝了口茶："我只是想让自己看起来不那么瘦。""……"（此处应该有远方一群女人"我要减肥"的哭号……）"电视上为什么你看起来这么白？是打了多厚的粉底？！"我淡淡地吃了把药（……）："化妆师只是帮我擦了和原本肤色一致的色号。""……"（此处应该有远方一群女人"我要美白"的尖叫……）"为什么电视上你经常看起来自带光晕效果？""因为我皮肤太白，又穿着白毛衣，所以录制现场的灯光都要以我为标准测光，如果以别人测光，光线就会太强，电视上看我就会过曝，整个人坐在一片白茫茫的光晕里。""……"（此处应该有远方一群女人"我也想过曝"的叹息……）嗯，突然觉得自己有颜饭是合情合理的呢！（……）

胡小西

因为能忍，所以任性。

我一直觉得面对生活，要能够忍耐。忍一忍，就过去了。比如去按摩的时候。

一般技师刚开始捏两下就会问你轻重如何，其实也感受不出轻重力度，可能技师也只是习惯性地问一声。所以我都会假装在感受，停顿两秒说可以（天了噜我也太爱演了）。随着技师开始自我发挥，下手就越来越重了（也可能是按到了会疼痛的穴位上），不过就算再痛，我也不会叫出来，任性！我趴在床上，咬牙忍着，心想，还有一下应该就会换个地方按的。有时还会记下次数，按完左边按右边对应部位的时候我会在心里数着，五……四……三……还有最……后……一……下……（咦？师傅你右边多按了三下啊！）也可能是因为疼痛，身体会不自觉地和技师的力量抗争，师傅以为这块肌肉太紧张，就多按了几下。有一个环节是在背上敷热毛巾，师傅会一块一块地往背上加，问我烫不烫，这次我是真的被烫着了，但我依然咬牙回答可以，任性！于是师傅就把剩下的毛巾一次性全放我背上了，虽然还隔着几层布，但我的背像是烧起来了一样，只能继续咬牙忍着，等毛巾慢慢变凉……十分钟后师傅去掉毛巾"咦？你的身体很容易出痧哎，背上都红了"，废话！毛巾那么热敷换谁都红！你看，我是有多任性啊。请大家多向我学习，忍一忍，多保重。

孙晓迪

因为说话快，所以任性。

我是个话痨，说话很快的话痨，所以我和任何人在一起时，都很容易把两个人的谈话变成一个人的独白。所以我要是遇到了我不喜欢的人，这种情况一般集中在某一年的相亲期，我不是远远躲着，而是迎难而上，喷死他！

记得一次和一个军官相亲，对方是个大男子主义，看不起女人，然后还看不起文化工作者，说我们是"穷酸文人"。于是我就天南地北地拉着他一阵狂侃，一口气说了40分钟，内容涉及天文地理古今中外时尚八卦魔兽世界暗黑破坏神各项元素。对面的男子彻底呆住，因为我说话太快了，他根本什么都没有听清，就是被我的气势镇住了。最后他跟我说："你不是搞写作的吗，怎么这么能说？"

这不算什么，有一年跟着我老公去他家过年，面对他家的七大姑八大姨各种表哥表姐，我就像舌战群儒一样，能够插上任何话题，引发各种共鸣，讲述各种道听途说或者亲身经历……

最后所有人都在默默吃东西，听我喷完之后，有一个表姐夫递给我一杯水："你多少喝点吧，我帮你喝了好几杯了，说这么多不渴啊？"

曹小优

因为胸大，所以任性。

高中时班里有个女生，在同龄人还花蕾初绽的时候就已经有了傲人的双峰。夏天不在话下，就连冬天穿着紧身毛衣也能看到两个实心球在身前晃动。这样的存在想必每个班里都会有一两个，而这本身对我并没有什么影响，除了，我们是同桌。每次上完体育课就会看到穿着短袖的她进教室，把一对胸哐当一声放在桌上，吓得我虎躯一震，书本噼里啪啦往桌下落。但没办法，胸大，任性。

后来大胸妹开始和年级第一名谈恋爱。有一天，她忽然羞涩地跑来告诉我她要减肥。我放下书，一本正经地看着她说："据说，减肥的人，最先减下去的就是胸哟！"她飘柔广告般地甩甩头发对我说："不要紧，我就是胸瘦下去也比一般人大一点。"她一边说，一边看了看我的胸。

临近毕业的时候，国航来学校招人。大胸妹的理想是当空姐，当然不能错过这样的机会。遗憾的是，大胸妹的个子偏小，大家都为她的身高捏了一把汗。然而她本人却丝毫没有在意，自信满满地去参加了一试二试最终面试。我一直对她能够顺利地过关斩将充满疑惑，直到听一起去参加考试的女生说，她每一轮考试，都把白衬衣的纽扣解到了无可救药的那一颗。果然是，胸大，任性。

因为不上班，所以任性。

算起来，我已经有好几年没正经上过班了，虽然常常有不安全感以及和社会脱节的忧虑，但终究还是很自由的，想干吗就干吗，想去哪儿就去哪儿。就拿去年一整年来说吧，我在北京租的房子几乎没怎么住，在老家过了春节后就直奔大理，3月在大理，4月在丽江、成都，5月在上海，6月在黑龙江，7月在山东，8月在上海，9月在北京，10月在上海，11月在吉林，12月又来了上海……

这么看来根本就是在到处乱住，这还不包括什么去南京玩几天啦，周末去看看海啊，坐车回北京坐着坐着就突然在唐山下车待几天啦，和朋友吃饭吃着吃着觉得好无聊就去了天津之类的（都没出过国，low 货）……这么任性的坏处是，有一次我长达两个月没回北京的住处，结果发现门锁都被房东换了；而好处当然也有，那就是好心的房东竟然决定少收我几个月的水电费。可我摸着屋子里柜子上的灰尘以及脱下来丢在地上几个月没洗过的衣服，还是难免有一些忧伤的，就觉得生活怎么这么凄凉，还是出门散散心吧……

化妆师们

Chapter 3
短暂性急性精神障碍篇

那些生命中丢脸而又猥琐的事

落 落

　　因为太多……所以一下子手足无措了，不知道该说哪个好……总之最起码的配备就是"基本上我的身体已经被不同地点的许多民众分门别类地观摩过了"，希望他们不会因此而需要去寺院收惊，而上一代具有如此献身精神的好像是用自己的肉身喂食蚊子的释迦牟尼……眼下我却早就练出了可以在上完厕所后裙子塞在内裤里，并且就这样浑然不觉有兴致地逛了四个专柜。（我觉得这个故事里最惨的一段在于"居然没有一个专柜小姐提醒我"。现在服务业的行风已经败坏到这种地步了吗？！还是她们经常看见穿着内裤来购物的客人？）

　　而另一段同样与裸露有关的，就是由于身高而导致老妈只能在超市给我买男装的大棉裤（外穿款）。我原本以为这种家里蹲的专用服应该没有什么问题，结果第二天就穿着它欢乐地去遛狗了。我欢乐地奔跑着，欢乐地跳上台阶，欢乐地踩着石凳，欢乐地做高抬腿。一直到我从湖面的倒影上，发现自己两腿中间开着一个奇怪的醒目的白色缝隙。

　　Oh，对，老妈之前曾说过一句"等我替你把中间开裆的地方缝起来"，结果我等不及就穿上了呢。

　　……奶奶的！男人裤子拉链没拉算个屁啊！

　　……你们有没有见过女人也会大开着裤裆，露出里面的内裤撒欢啊！

　　……而我的内裤到底是有多想见世面，多想呼吸新鲜空气啊？

　　其他就不提了，反正人前放屁人后尿床的事也不是罕见的了——同志们，当你在梦中梦见一个厕所、一个马桶或者一个痰盂罐的时候，一定要警惕啊！千万不能将计就计坐上去啊！这是一个完全的阴谋啊！最后那会使你留下尿床的耻辱记录啊！

　　……五百块可以让我分享的丢人记事就截止于此了，下次想听我是怎样在奔跑中从裤管里甩出黄色液体的，请等待一千块的悬赏时间吧。

痕　痕

　　如果说夜里心血来潮闭着眼睛走路，鬼使神差地撞上门前洗澡的男人【消音】还不够猥琐；如果说妈妈带我看牙医，而我回来按捺不住写了一封给牙医的情书，而第二天就被妈妈发现还不够丢人；那么以下我要说的就是在我生命里一件既丢人又猥琐的事了。

　　多数女生小时候都玩过家家的游戏，而"过家家"可以繁衍出很多的版本，比如扮演新娘入洞房前后啊，或是演一群名叫"爱爱""梦梦""美美"之类的青楼女子【消音】啊，或是扮演妃子然后平躺在草席的这头，再滚到那头，到最后整个人被卷起的席子包裹住，被人抬到"皇上"的寝宫里去啊……（我真有那么缺钱吗？！）还有什么模拟男女情侣之间约会吃饭的场景啊……我不知道为什么女生在小的时候就对猥琐的事情有种特别敏锐的向往，为了配合约会的场景还把衣服拉到胸部（那时还没有胸部），在面前的桌子上点上蜡烛，总之都是全身心投入、服装道具都真像那么一回事儿。

　　玩得最过的一次是有一年的暑假，那时两个情窦初开的表姐住在我家，而我爸妈那个时候都上夜班，于是千载难逢的机会来了。睡觉前她们相约半夜两点起来玩，于是大家压抑着搞地下活动时的那份激动假寐了一会儿。等到半夜两点的时候，她们饶有兴致地把家里搞得灯火通明，贤惠的二姐开始淘米烧饭（真的在淘米做饭），大姐把我按在一条长木凳上，说我生病了必须躺着，然后假装在一边焦虑，琢磨我生病了是不是吃不下饭，于是要给我喂奶。只见大姐掏出自己的【消音】大义凛然地向我送来，好像只要通过吮吸【消音】就可以"治好百病"，那时大姐禁锢着我的手臂强健如钢铁，无辜的【消音】挡在我的眼前。可是【消音】也【消不出什么音来】……之后我从家里跑出去，三更半夜，我在前面跑，两个姐姐一边在后面追，

一边喊着"回来吃饭呀"……

　　就这么闹了一夜，早晨我妈妈回来了，两个姐姐都因为一夜疲劳还在昏睡。妈妈疑惑地问我"为什么门口邻居说，昨晚家里非常吵闹"，我深深地闭起双眼，内心祈祷，就让这件变态的事情永远地过去吧……

　　张喵喵

　　关于丢脸而又猥琐——下面这两件事至今还常常在我的梦中出现，将我惊醒，我想了很久到底先说哪一件好，不过考虑到我倒着长的智商，所以还是按时间顺序来：

　　那是我小学五年级的时候，学校里曾有那么一段时间流行穿喇叭裤——并不是那种较为时尚的喇叭牛仔裤之类，而是家家户户自己用小碎花软棉布剪裁得极其肥大的、一条裤管能塞进去 N 条大腿的那种睡裤。于是某一天我趁我妈不注意偷了她的穿上，完全顾不得腰是否大了许多，提着裤子一路冲出了家门。如果仅仅是这样还好，事实上我忘记了下午的体育课是云梯……你能想象到垂吊在云梯下方感觉到喇叭裤在缓缓下坠却又不敢往下跳的感觉吗？更要命的是，那天我里面穿了一条极其破旧的已经在易磨的【消音】处破了个大洞的内裤，并且它的松紧带也早该下岗了……于是大家看到的依次是：喇叭裤掉了，【消音】露出来了……内裤也掉了……（一般噩梦到这里就该惊醒了，可是现实还在继续。）大家理所当然地围过来，这时，一个让我感激终生的高个子男生向我伸出了援手，

他向我走近，并打算抱我下来……但是望着离脚底一米多高的地面，既惊慌又羞愧的我突然不受控制地——撒尿了……

　　第二件事发生的时候我已长大——除了胆子，没什么地方长大。我极不愿承认的是那时我已经高三了！一想到【消音】那件事还是很疑惑，虽然已经不再相信男人和女人只是亲一下或者摸

摸手或者脱光衣服躺在一起就会怀孕了，但是……究竟怎样才会怀孕呢！（我真的没学过生理卫生……）于是，在某一个周末和邻居家小我两岁的小男生打羽毛球的时候，我们气喘吁吁地发生了如下对话：

"你知道怎么【消音】吗！"

"不知道！"

"笨死了，你没看过你爸爸妈妈【消音】吗！"

"没有啊！你看过吗？"

"我也没有！你说【消音】为什么长得像个气球！是用来装什么的！"

"装口水吗！"

"不太像！"

之所以每句话结尾都是感叹号，是因为我们是在打球的过程中进行对话的，因为离得很远，所以是用尽全力喊出来的……而我们的父母都是教师，我们身处在学校热闹的操场上……故事还没结束，又过了一段时间，我终于软磨硬泡地从同桌那里得知了正确答案，按捺不住内心深处的激动，又把那个男生约出来打羽毛球。（为什么非要在打羽毛球的时候说这种事！）

我们依然是远远地喊。

……

我实在是不想再回忆了……

胡小西

人生最大的痛苦莫过于跟大家分享自己在过往人生中经历过的那些丢人糗事，这跟比丑大赛有什么区别！当我耳闻了其他人自爆的"逸闻趣事"以后，顿时觉得，"被一直很想要女儿的妈妈从小就当成女孩儿打扮穿裙子扎辫子被邻居叫小媳妇儿整日被隔壁男性玩伴欺负一直到上小学"算什么！"被误闯男厕所并且依然面不改色心不跳在我身边蹲下【消音】的欧巴桑义正词严地指责到最后好像是我进错了厕所"算什么！但是回忆了好几天，我依然觉得我的人生真的

没有经历过什么既丢脸又猥琐的事情……只能奉上一则，供大家评断。（志不在高，何苦为了五百块给自己买黑……）

小时候是在农村长大的，那时候每家房子的旁边都会留出一小块空地来种一些葱蒜等农作物。小时候想"嘘嘘"或者"便便"的时候，都会被家长指派到这块自留地里给农作物"施肥"。四岁左右的一天，我急匆匆地跑到我家门外的自留地里"便便"。正在进行中的时候突然有一种不祥的预感，蹲在那里回头一看，一只大狗（在那个时候看起来很庞大的）稍低着头，一边吐舌头一边撮着鼻子嗅了过来，眼睛还时不时地抬起来偷瞄我。当时我就傻了，蹲在那里不敢动（因为还没有"便便"好，也是因为吓的）……但是我也不敢发出太大的声音，怕它受惊猛扑过来，于是只能发出很低的呜呜的哭声（好可怜啊好可怜）……眼看着大狗越来越近（其实我已经感受到它热乎乎的鼻子或舌头碰触到我的屁股了），正好住在我家后面的女生（那个时候很喜欢的一个同岁女生）跟着她妈妈到我家里来找我玩（啊啊啊啊……那时候觉得最漂亮的女生玩伴啊），她妈妈当场喝止了丑陋大狗的猥琐行为，并且（拉着她女儿）坚持守在我旁边保护我进行完"便便"……就这样，我带着劫后余生、羞愧、紧张、面红耳赤地在自己喜欢的小女生面前赤裸裸的……从此以后她再也没有到我家里来找我玩……

郭敬明

本来，每次参加【I WANT】系列，我都是胸有成竹，每次都高姿态地来压轴。但是这次，看完了上面几位朋友的精彩自白，我只能说："五百块就能让你们这样，下次一千块，我看看你们的人生能有多么的荒谬！"所以，这次我也不知道自己能不能压轴了。四爷我不在乎那五百块，但我在乎的是每一次都要赢，就算面对的是一场几乎不可能赢的仗……（看看前面那些人，就知道他们有多么地渴望成功……）

【猥琐1】

话说小时候，其实并没有多么小……我闯过很多次女厕所，而且这样的情况，并没有随着我的成长而有所改善，怪只怪现在的厕所标志制作得越来越抽象，根本不写"男""女"。有时候挂个烟斗或者高跟鞋这样的标志，我还能在门口站个几秒钟后顺利分辨，但有时候，门上只装饰两个戴羽毛的印第安人头像……谁 × 妈能分辨出他们的性别？扯回正题。有很多次，我都进错了地方，每当我进去后看见没有小便槽或者小便斗的时候，我就会镇定自若地走出来，默默地走进另外一间。当然，有时候实在太急，也就顺势蹲了下来（……）。

这里要说的，是无数次中最惊险的一次。和以往不同，这次走进去之后，（当时的厕所还没有隔间，是一排坑……）一排坑上稀稀落落地蹲着三个不同年龄层的雌性。那个时候四爷我刚上小学六年级，眉清目秀，刘海长长软软，个子小小，看起来很是以假乱真（……）。所以，我就勇敢而镇定地走到了两位大妈的中间，脱了裤子蹲了下来。但是，你们都知道的，男生【消音】和女生【消音】方式是不一样的，无论我们站着还是蹲着，都需要用手压一下我们的【消音】，否则就很容易把方向搞偏（……），但是，我又不能伸手到裆下去扶着，因为我知道女孩子不会这么做（……小小年纪的我竟然懂这么多……），所以，我就大义凛然地直接撒了。

于是，我身边两个大妈，对于从我裆下那一股非常有力而角度奇大的水柱……表示出了极端的不可理解……在我镇定自若的几十秒钟里，我面前的走道上，就积起了一个小小的湖泊……然后我依然镇定地站起来，以迅雷不及掩耳之势，穿上裤子，逃之夭夭……

【猥琐2】

依然是我少不更事的情景……

当时是炎炎夏日，暑假放到一半，我心情非常愉悦，和表姐去游泳池游泳。当我半翻着白眼，欲仙欲死地瘫倒在游泳池边上，泡在水里享受人生的时候，尿意又来了。而想到又要爬起来，穿越走廊，去厕所撒尿再回来……我就懒了……（又回到了上期"男生女生谁更懒的话题"。）于是，当时我做出了一个勇敢的决定，决定坦然地面对……

而就在我肆无忌惮地原地释放了之后（《最小说》友情提醒：错误示范，请勿模仿），我透过欲仙欲死的半眯着的双眼，看见面前的水面上突然隆起了一颗人头。这颗人头浮出水面之后，通过他满脸快要杀人的怒容，以及一直"呸呸"吐个不停的动作来分析，我知道了，就在刚才我原地释放的同时，他正缓缓地潜水，从我的裆前游过，突然，他脸上感到了一阵暖意……

我的阴暗面

叶 阆

　　其实我没有什么阴暗面，因为我还蛮讨厌自己有这一面的，所以强迫自己不要有这样的一面。但是有些想法虽然不是很阴暗，却很残忍，我常常诅咒我讨厌的人电脑死机、考试不及格、头发掉光、发生车祸、心肌梗死，但是有一次看到我最讨厌的人被另一个人打到哭的时候，我还是打心底同情他的，他妈妈如果看到他在学校被这样欺负，一定会很伤心。那些诅咒的想法，也只是在气头上会出现的邪恶念头而已。

　　记忆中比较阴暗的事情是初二的某个下午，阴天，阴风阵阵，电线杆上还有几只诡异的黑乌鸦。在我家的顶楼上摆着一个火盆，我和妹妹还有表弟（他们两个都是小学生）坐在地上围住火盆，手上拿着厚厚的一摞纸，每人大概五百多张，每张纸条上都歪七竖八地写着：刘××，是我当时班主任的名字。

　　我说："可以烧了。"我们三个就开始把写着班主任姓名的纸条放到火盆里面焚烧。我盯着火焰一边烧还一边哭诉："你不要走啊，你这个没良心的，张××怀了你的亲骨肉，你却这样离去了……"妹妹疑惑地问："张××是谁？"我说："数学老师。"（可见我当时是多么叛逆！）妹妹认真地问："那刘××是怎么死的？"我说："被6号巴士撞死的。"妹妹"啧"了一下鄙视我不懂YY，说："电视里面都是先【哔】后杀的。"我当时还心想："鬼才【哔】他呢。"而表弟是个乡下来的单纯小男孩，眨着小眼睛问我："他真的死了吗？"我们坐在那里一边嗑瓜子一边焚烧，大概傍晚六点钟，CCTV的《大风车》开始了，我们就悻悻地从顶楼上下来了。

　　第二天去学校上课，看到依然活着的班主任刘××，我感觉顺眼了很多。

曾经，你有试过这样的阴暗吗？

你会打电话给一个人，他或者是你心仪的人，又或者是你完全不认识的人，你会这样充满了感情地问他："我要的牛肉面还没送到吗？到底什么时候才送到啊？！什么？你这里不是卖牛肉面的吗？我上次打过电话来了你装什么装啊！"

那么现在，曾经幼稚的电话游戏已经满足不了你内心阴暗的因子了吗，你已经在追求更高的级数了吗，你想升级吗……

话说上了大学之后，我们已经不再满足于写假情书约人去某某处、把鞋带绑在一起、送塞满石头的礼物盒这些小事了……于是在一个月黑风高的夜晚，一宿舍阴暗的女人调出了手机中的电话号码，因为在不同的社团不同的部门，所以有很多相互不认识的师兄的电话，于是我们就轮流地打起了各种充满心机的电话，有些甚至是可以令热恋中的情侣互相猜疑继而分手的黑色恐怖电话，简直就是午夜凶铃啊……

下面是我打那个电话的版本：

我："喂，是小×吗……我是××呀。"（注：小×和××是恋人关系。）

对方："你谁啊？"

我："不要这样……你还生气吗？对不起，今天早上的事是我的不对，我不应该把你便秘的事告诉别人的……"

对方："你是谁？"

我："你真的还生气吗？我都道歉了呀，圣诞节快到了，我还织好了围巾给你呢……也不知道你喜不喜欢……早知道你这么讨厌我……"

对方："你到底是谁啊？！"

第二天……

"听说小×跟××分手了……"

"有第三者吧……"

"谁知道……"

Orz……

我一生中做过不少错事，现在想起来后果很严重。比如中毒、众叛亲离、倒戈相向，等等。但这些事都不是我的本意，只是处女座严谨的思维很难拐过"圆滑"这道弯。

（众：你每次都把你的缺点怪在星座上！宾妮仔：也许这就是我的阴暗面……）

其一：我初中最好的同桌兼好友，初三时申请入团（好学生，我一直到高三最后一批才想"那么我也入团吧"）。当时例行公事要询问部分群众意见，于是我作为良好群众就去了。这个时候我做了一件特别他妈的傻【消音】的事儿，因为基本这种投票都是全员通过，多我一票少我一票都无关紧要，所以当问到大家对她入团的意见时，我选择了不举手（……）。其原因很拧巴很无聊，就是我这个当时有点刚正不阿的红色青年劲儿，想着"我是最了解她的，我觉得她还有不足""我应该说实话"。

现在想来，委实是阴暗的开端……

其二：中毒事件。这件事要追溯到更久以前的小时候，那会儿我整天作恶，有一天甚至拿棉签搅拌郁美净的润肤乳。但那个时候我的智商很低，低到因为我是偷了奶奶的棉签玩的，所以玩脏了以后还想"哎呀，怎么办呢，应该洗干净还回去吧"（……），然后又想"应该找杯水吧"，一串不合逻辑的推理下来，我发现手边有一个喝水用的水壶，于是……

结果是，哥哥回家喝了一瓶古怪的水。奶奶发现了一根莫名其妙的棉签。我躲在被子里一个劲儿地想"哥哥要是中毒了我会被警察抓走吗"。结果，哥哥没有中毒，奶奶没有找我麻烦，我却阴暗了一把……

其三：目前，我深夜会和固定的同志们进行"阴暗对话"，可以小小透露一下，对象大概是四【消音】和林【消音】炫。这些人物均出没在《最小说》上（真阴暗呀，都说出来了）。我们最阴暗的行为就是一起说某些人的八卦和坏话。和林同学时常一起讨论一个我们很熟又很不爽的人，最后脆弱的小林无法忍受这种阴暗的对话，极力要求我与他一同与此人绝交，然而我阴暗地说："别了……与他绝交，我们的生活乐趣从何而来呢……"

小林说："你太阴暗了……"

痕 痕

回想了一下，那是初中时的夏令营的一个晚上，不知道为什么条件非常简陋，大家睡觉就是把课桌都拼在一起，然后一排人躺在课桌上一头一脚地睡。因为是夏天，大家穿得不多，盖得不多，我还随身带了一盒清凉油。在大家都熟睡的夜晚，我觉得有些百无聊赖，心里有一些不安定的情绪，于是在涂抹清凉油的时候突然产生了一个有趣的主意。

我在脚趾上涂抹了清凉油，然后平躺着，这样我的脚就冲着躺在我旁边的女生的脑袋了。我偷偷地把脚靠近那个女生，就这么安静地躺了一会儿，心中窃喜。过了一会儿我觉得意犹未尽，又抹了一些清凉油，继续平躺着。反复抹了三四次后，周遭弥漫着一股浓重的清凉油气味，但是大家都在熟睡，尤其是身边的女生毫无察觉，我心中大喜，一个人笑得前仰后合（－－），就这么玩了一会儿，我终于感觉到了一种空虚和悲伤的情绪……

还有一次和朋友去外滩看烟花，因为是国庆节，外滩人山人海，我和朋友两个人在人群中追逐打闹，玩得一身汗，成为行人纷纷侧目的焦点。此时我正在起劲地翻越一道栅栏，感觉到群众的目光纷纷在说："现在的小孩子怎么那么疯？！"但是我毫不介意，还怂恿着好友一起翻，她起初不敢，于是我说我会扶着你的，翻过来吧！于是她信任地翻了围栏，双手撑着我的肩膀，重心托付到我的身上，但是此时，我内心那种"不安定的情绪"再次涌了上来，我双膝一软，故意往地上倒去……于是我连同好友在众目睽睽下双双摔倒在地上，两个大姑娘在地上摔了个泥打滚，不知道为什么，这就是我期待的"有趣的效果"……

我想我的阴暗面就是心里有一种"损人不利己"的期待，每每有这种"蠢蠢欲动的不安定的情绪"上来，我就觉得大事不妙了……

郭敬明

我人生里有两个最大的阴暗面。

第一个，和阿敏的阴暗面很像，我很爱虐小孩儿。只要是六岁以下的小孩儿，我都有一种想要蹂躏他们的冲动。每次看见他们圆滚滚的小肉团身影出现在我的面前，我的脑海里立刻会上演我从包里拿出一把刀然后朝他们乱刀砍去的画面（……节目效果需要，有适当的夸张……）。

　　具体的一次，就是有一年我应云南书店的邀请，去做签售。签售的间隙，主办方热情地带我去一个忘记叫什么名字的、类似西湖一样长满荷花的湖游玩。我们租了船，还买了雨衣和水枪、瓢、盆等可以用来以水攻击的武器……是的，看到这里你肯定明白了，所有的游客都在打水仗。当我们和另一艘船彼此朝对方泼水，甚至往对方船里舀进大盆大盆的水试图把对方的船搞沉（……）的时候，我突然发现对方船上坐着一个大概四岁的小女孩儿，一瞬间，我立刻杀红了眼，把船划到和对方的船贴到一起，当两边的人近身肉搏的时候，我拿起一个脸盆，开始一盆一盆地舀水，然后朝那个四岁的小女孩儿头顶哗啦啦浇下去……看着那个小女孩儿目瞪口呆毫无还手之力被当场淋成落汤鸡，一盆接一盆的水有节奏而且有规律地在她头上连续浇下，她目光呆滞，满脸哗啦啦……我整个人瞬间就释放到了高潮……

　　第二个阴暗面，就是我对我身边的女人（比如阿亮、痕痕这种）们交的男朋友，打心眼里就充满了鄙视。每次她们一开始和对方交往，我就会一边翻着白眼，一边轻蔑地打听着对方的工作、年龄、收入、学历等情况，然后开始肆无忌惮地羞辱对方。而且一定会在最后下一个结论："这种人，早点分手算了，没必要啊。"

　　因为我打心眼里觉得痕痕和阿亮非常优秀，所以，一般的傻 × 男人配不上她们。而且我总能嚣张地讥笑对方，因为一般同年纪的男生，都没我成熟没我事业有成没我帅没我钱……但换了阿亮和痕痕，就一般不敢讥笑我的女朋友，因为我都会嗤笑一声，然后对她们俩说："你俩先照照镜子再来说别人吧。"

　　所以，每当痕痕和阿亮因为恋爱痛苦来找我哭诉的时候，我没别的，只会反复地说一句："我早告诉你了！你不听！快分手啊！"

　　到最后，我的阴暗面发展到了一个更高的巅峰，我甚至不断地在 QQ 上劝喵喵和她老公离婚，劝宾妮和她男朋友分手……并且对落落一直都没找到男人而感到非常欣慰……

　　以上，是我的阴暗面……（这个选题做下来，最世的人也被毁得差不多了……）

童颜巨星

卢丽利

　　看到这个选题……我左思右想,前思后想(喂!)也没觉得小时候的我有多童颜,有多巨 x……上天做证,当时的我,只不过是一个很普通,很无邪,很傻,很天真的死 loli 而已。(后来成长为一只死 lily,我不容易!)我与普通的 loli 别无二致,以至于大家见到我都会亲切地说,ta!loli!loli!ta!

　　只是,偶尔我会扮演一些诡异的角色,我不知道当时的我在想什么,谁能告诉我现在的 loli 都在想些什么?!比如我会哀伤地倒在地上,掩面用尖细的女高音说(天知道我现在是低音部……):"不要!"(……)比如我会把几张薄被子缠在手上,狂舞水袖……(在干什么?)又比如我会站在幼儿园门口不停地狂骂两个小时……会拿着铁盒(你没看错)疯狂追打一名小朋友……打到他哭着求饶(混世小魔王扮演者?!)值得一提的是后来……我们成了很好很好的朋友……(这有什么值得提的!)

　　然而,不论曾经扮演过多么很傻很天真还是多么很黄很暴力的角色,我都从内心里深深地相信……这都是 loli 干的,与我无关。

阿亮

　　我小时候是假小子一个,一直都剃一个平头,和女生玩得少,和男生玩得多。所以,大家一起演什么的时候,我多半和男生在一起,而且都以竞技类的为主。

小的时候我有个对头，演什么的时候，我们都要对干，看《变形金刚》那会儿他是汽车人，我就是霸天虎，再后来看《上海滩》我们分别是两个黑帮老大，经常发生对殴。黑帮老大还没演多久，《一代女皇武则天》就开始播出了，我两个电视剧都很喜欢，就把这两者结合了一下。有一次我们两边比阵仗，他带着他的小弟来了，走路特别用力，踩得地板直响，有几个人还假装凑上去给他点烟。我轻蔑地一笑，将了一下脖子上的围巾（用好几条红领巾接的），一挥手，我的小弟都统一"猛虎落地式"单膝落地，高呼"吾皇万岁万岁万万岁"，气势一下就盖过去了，可我还不满意，又一挥手说："众卿家，还不帮哀家把那个小荡妇带上来。"结果我手下都愣了，不知道谁是小荡妇（其实我也不太明白……Orz），于是又指了我的对头，就是他！然后我的"小弟"都哗地冲过去，吼着"抓住那个小荡妇"，两帮人扭打在了一起……后来这事被老师知道了，她还苦口婆心地找我们谈心，批评那个男生，你怎么能随便骂人荡妇呢。那个男生一脸冤枉地回答老师，我没骂人啊，荡妇是我啊。

林培源

　　其实小时候最喜欢模仿的，是《笑傲江湖》里的令狐冲，特别是他喝酒，那个帅呀，令我销魂！于是，我把爸爸酒壶里的酒偷偷倒掉（我不会喝酒！），然后装上清水，拖一根木棍当剑，装潇洒，结果是——喝完一大壶水之后肚子痛，在厕所上吐下泻……爸爸发现后，把我痛打了一顿……还有就是学电视上动作片的某个桥段，和邻家孩子趁着夜色把石头摆成一排搁在大路中间，然后躲在阳台上看行人踢到石头时破口大骂龇牙咧嘴的样子，还有自行车被撞翻，惊心动魄，而我们居然笑得不亦乐乎，想一想那个时候我多邪恶……更加高级的，是模仿黑帮片里的小混混儿，有一次拦住班里一个长得略有姿色的女生，然后很　地问她："你做我马子吧！"结果是——那女生吓得哭了起来，一边哭还一边骂我："流氓！"——把老师也招来了……我的妈呀……救命！

要说喜欢扮什么？比如《新白娘子传奇》里边的法海，我端着碗，将床单披在身上当袈裟，然后幻想妖怪前来，"托塔李天王式"将碗扔出去，高喊："镇！"还有学《战神金刚》里五狮成员跳上台阶："我来组成头部！"

但是如果说最喜欢的，那当然是扮家家里边的有个娇妻和几个儿女的爸爸，爸爸的台词很少，不过戏份还是很足的，老婆在外边买菜（其实是路边的野草和树叶）回来，我就不苟言笑地"学许仙"："娘子，今天我们吃什么？"

"官人，我们只有青菜吃。"

"娘子，为什么没有肉？"

"官人，家用不够，买不起肉了。"

接着我那几个儿女围着孩子他妈撒娇："我要吃肉，我今天就要吃肉。"

我像哄调皮的小狗那样一个一个摸他们的脑袋安抚他们："乖，孩儿们乖，等爹爹明天出去挣到钱，就给你们买肉吃。今天先吃青菜吧。"

"谢谢爹，谢谢爹。"他们继续做妖精拥趸状，然后真的将那些树叶和草塞进嘴巴里！！！（你们确定那真的能吃？这叫爹爹我于心何忍啊。）

我小时候扮演过的角色真是多如繁星、数不胜数，从扮成小太妹去参加学校的春游到穿着红内裤披着毛巾被在凌晨的马路上伸出双臂飞来飞去，我的角色跨度很大，但我喜欢这样挑战自己的演技……追溯我的艺术人生，我觉得我演得最成功的角色是死尸。有一次，因为一点小事妈妈打了我两下，我又气又恨，等妈妈他们出门以后便想了一个报复的手段。我在电视剧里经常看到这样的情节：家人打开门，发现孩子自杀了，然后为自己犯下的错误追悔莫及……于是我把抽屉打开，拿出一把剪刀，又在手腕和地板上倒了一大堆红药水，现场布置好以后我就躺在床上把一只胳膊有气无力地垂在床边，嘴微微张开，眼睛紧闭，我努力让自己的表情看上去充满了对这个不公平的世界的愤懑与反抗……现在想想我真是敬业的演员，妈妈回来以前我就一

直保持那个姿势长达一个多小时，然而，悲剧就这样发生了，我……睡着了……当我迷迷糊糊醒来的时候，我听到了一声惊叫，然后被抱到了楼道里，我挣脱着跳下来，嬉皮笑脸地说："上当啦！哈哈！"但最后的结果不是赢得了影帝的奖杯，而是差点真的变成死尸……不管怎么说，那是我演艺生涯的一个高峰，我知道自己无法超越，所以退出了影坛成了一个传说……

那些生命中丢脸而又猥琐的事
（第二弹）

安东尼

半年前在墨尔本晚上通宵赶一 report 半夜两点饿得慌去冰箱里搜吃的在那经济危机的岁月冰箱里哪有富余从角落里抠出一块 blue cheese 夹着饼干吃了

凌晨三点睡早上六点起来以后脸没洗饭没吃就直接开车去车站坐车去交论文十点 deadline 在车上的时候就觉得肚子异常的难受但不是疼

下火车以后觉得不好要拉肚子等 bus 度秒如年觉得有破堤之势当时最近的厕所是车站的不过觉得太脏就没去

往最近的一个学校走越走越不对劲这次拉肚子不像往常用屁股使劲夹也夹不住走着走着觉得出来了一块走着走着觉得又出来了一块肚子难受心情复杂变化了各种走路姿势和节奏却觉得愈演愈烈眼看着厕所门口就在眼前了约肌却不听使唤 ku-ci 一下都他 × 的出来了 ><

双手抓住内裤往上提想兜住还好我今天穿的是三角那种剪裁很适合兜面不改色地进了厕所

（此处省细节若干……半个小时时间无数个自言自语"要冷静要冷静"）

内裤扔了……俺的蓝边 D&G 啊……><

陈　晨

我的人生哲学就是：人生就是一场游戏。除了被罚钱，人生没什么事情是想不开的。

今年我去了云南旅行，在大理的时候，租了山地车，和旅舍的人结伴骑车旅行。我们从古城出发，一直向着最荒凉的地带骑去，可是，骑到半路上，我的肚子就不行了。我强忍了好久，最后感觉快要拉出来了（……），于是就招呼大家停下车。可是四周非常荒凉，别说厕所了，就连个房子都没有。无奈之下，我只能就地解决……不过，我事先已经警告了我的同伴：如果谁偷看，全 × 不得好死！（这话好像重了点＝＝）于是，我再骑出 400 米，骑到他们看不到的一块田野上，车子都没有放稳，就脱下了裤子……（究竟是有多急 T T）。正当 ING 的时候，突然，我听到了轰隆隆的声音，我纳闷了，怎么？打雷吗？不会在这荒山野岭 × × 的时候被淋个半死吧？！（老天爷：你想得太好了……）

那声音越来越近，原来……原来是火车的声音！在这片田野不远处就是一条铁轨！！！紧接着，一列满载着旅客的绿皮车缓缓地驶来，车上的几千名乘客不约而同地将头探出了车窗……（内心 OS：有种开过来轧死我！！！）

🙍 王小立

话说以前，我特别喜欢穿那种大号格子衬衫，每次穿上，就觉得自己当真是条"汉子"，然后心情就特好。（现在想想可能是逆反心理，因为自己身材比较女性化，所以就特别向往做条"汉子"……）

然后有天我又穿了大号格子衬衫出门，还配了条很宽松的大裤子，基本整个人心态上就是一条"汉子"，走街上也觉得自己特帅特有型，一路上还有很多小女生在偷偷看我……

然后到了约定地点，我朋友见到我，就一脸古怪地问我："你怎么穿这样？"然后我才发现原来我衬衫的纽扣系错了，就第二个扣子跟第三个系，第三个扣子又跟第四个系，然后中间就露出了一个大洞（……）。当然这不算什么，系错扣子这种事，一年不发生个十来次我都对不起自己的脑子。而当时我全身心又是那样莫名沉浸在"汉子"的豪迈里，所以想也没想，我就当着我朋友的面，当着一街的路人的面，把扣子一个个解开了打算重新系……

然后没记错的话，当时是夏天……

然后没记错的话，我朋友是个男的……

然后没记错的话，我当时已经十九岁了……

陈 龙

Orz……（好吧，纯洁的小萝莉们或者是对我印象还不错的读者们自动跳过以下内容。）

了解我的兄弟们都知道，我出门是从来不穿内裤的（……）其实男生都应该试试，因为这样不会让你的【消音】受压迫，有益健康，而且非常舒服。（OK，这个不是重点。）重点是，有一天我和一个女生单独出去看电影时……

在入场的时候，我一只手抱着爆米花，一只手端着可乐，两手中间还夹着一杯可乐。所以，双手全部被占用了。急忙往入口处走的时候，我裤子口袋里的钥匙从裤腿里掉了出来。具体情况是我的裤子口袋有个很大的洞，于是钥匙从那个洞顺着裤子滑下去，从裤脚掉了下来。然后，那个女生异常热心地去把钥匙捡了起来，迅速给我装回口袋。重点是，她的手伸了进去（那个后果大家自行猜测……）。然后，那把钥匙还是掉了出来，我连忙说"算了算了我自己捡"。她才没有再动。之后她悠然地说了一句："你口袋里装那么多东西干吗？"（这句话我之后想了好久好久才明白，我想死。）

落 落

感觉最近一年我脑积水，闹出丑闻的行径比过去少了很多，苦思冥想半天也无非是上完厕所裙子卡在内裤里，走错男女厕所这种稀松平常。没啥新意的事。如果非要举一个例子，应该是某天我洗完澡后光着出来，忘了自己没拉窗帘，和貌似对面楼里的某个人影面对面十三秒那次。话说自从一个人住后，开始享受和谐、低碳、自然、光着的生活状态，尤其是洗完澡，常常光着出来找衣服。而平日里总是吸血鬼个性，窗帘几年也不拉开的我，偏偏有一次为了看楼下俩妇女吵架的热闹而把窗帘拉开并忘了关。于是那个晚上，当我走出浴室——半路有没有对着镜子搔首弄姿就不知道了，但中途肯定有光着坐在电脑前严肃地和人聊了一下关于文学创作的话题，还顺便收了下开心网的菜，等半个小时过去，我终于想起穿衣服了，一站直便看见对面那幢楼灯火通明的某间屋子里，有个人影正站在窗前和我面面相觑。这是多么辉煌而精彩的一刻，多么坦诚而相见（单方面）的交情啊，回味起来仍会让人嫣然一笑呢。

"我简直忍到爆尿！"

琉玄

从小我就怕人多的场合，尤其压力一大，我脆弱的那啥就会造反……早在幼儿园时代，有一次所有小朋友集合在操场跳舞，家长们在场外围观，在矮小的我眼中，那是真正的人山人海！压……力……好……大，然后我……我……在欢快的儿歌音乐背景中，感到小肚子里传来惨叫……虽然已经很努力在忍，结果还是……

又怕又羞中，我真正意义上的，忍——到——爆——尿——了。

所有人都看到一个小朋友在边哭边尿、边哭边尿……边继续跳着笨拙的舞蹈动作！我真是合群的好孩子，即使在这诞生"一生之耻"的关键时刻，也绝不扰乱组织秩序。

事后有个温柔的阿姨带我去洗澡，还帮我洗裤裤……她一定是我的初恋！

咦……自揭伤疤好痛苦之后，我已经想不起来为什么我会参加这次的话题了……我是谁？我在哪里？

冯天

这几乎是我小学时候最丢脸的一件事。从二年级开始，音乐老师就看出了我在乐器节奏上的天赋，极力鼓动我参加学校鼓号队的选拔。奈何当时我的肺活量根本吹不动小号，手的力气也抓不稳大镲或中镲，只能选择打小镲。这样每天排练啊排练啊，半年后打小镲的队伍里，除了我全是女生了。继续排练啊排练啊，到了三年级后终于可以穿上帅气的仪仗服去各大欢迎仪式上表演了。但有次在教育局的活动

上，安排了我们小学和对手小学同时表演。最后新闻播出来，我们鼓号队几乎没有一秒的镜头。老师当时就怒了，各种找原因。最后发现原因出在我身上，出在我的服装身上。一排红色的女款短裙里，我却穿着绿色的男款长裤。老师就说："你以后演出也穿女装吧，回家准备红皮鞋白丝袜。"当时还没有两性观念的我回去就跟我妈说，我妈竟然还帮我去找邻居姐姐借红皮鞋（是亲妈吗）！然后我就穿着红色短裙表演，化好妆后突然尿急了。走到厕所前我才体会到了生命的迷茫：按生理构造吧我应该进男厕，可我现在这身衣服要怎么进去啊？那我就偷偷进女厕？我不敢面对也许、即将、可能会见到的那种场面……原地站了几分钟后我还是忍到爆尿地去表演了。之后每敲一下小镲，我就觉得我下面流出了一滴液体。

Fredie.L

　　小时候我喜欢模仿电视剧里的人物，拿着根棍子就以为自己是孙悟空，甩着根单车链条就以为自己是圣斗士。（喂！别用这种眼神看我，那个谁，你小时候不是喜欢披蚊帐扮演白素贞的吗？那个谁，不是听说你从小就托着酒瓶说自己是观音吗？）有段时间看了 TVB 的警察类型的电视剧，警察在和坏人搏斗时经常莫名地就被坏人用手铐铐在某个地方，钥匙扔远，但最后关头警察总有办法利用身边的工具拿到钥匙顺利脱身并将坏人绳之以法。于是某天我看到一副仿真玩具手铐，买回家后立刻把自己铐在阳台的柱子上，把钥匙扔到够不到的地方，开始上演一出想尽办法拿钥匙的戏码。但由于钥匙被我扔得比较远，无论是用手还是用脚我都够不到。眼看爸妈下班的时间越来越近，我急得满头大汗，膀胱渐胀……

　　随着时间慢慢过去，我脸都憋青了，简直忍到爆尿！感官刺激了智慧，我灵机一动，想到将自己的长裤甩到钥匙上面，可以借用裤子把钥匙拖过来！费了半天劲把裤子脱下，正准备甩出去的时候，我听到了开门声……于是手忙脚乱地把裤子用力一甩，裤子居然飞得比钥匙还远！爸妈闻声进来之后看到被拴在阳台上的只穿了一条内裤的我，当时震惊得也快尿出来了。

　　而最痛苦的是，无论我怎么解释爸妈始终也不相信我是在扮演警察的说法……

王小立

人生里最深刻的一次忍到爆尿的经历，是在高速公路的长途巴士里——不知道这个故事写出来会不会和其他人撞情节。毕竟除了长途巴士，我还真想不到什么别的地方有这个威力，能让人置生死于度外地置屎尿于肚内。

那是从东莞开往广州的长途巴士。那天我和姐妹淘一起去东莞买衣服，晚上就坐这趟车回家。距离广州还有2个多小时，我开始想上厕所。但是大巴很简陋，没有自带的洗手间，也不可能叫司机停下来让我下车解决——外面是一条黑漆漆的高速公路，就算师傅停，我也没胆子下。

就只好忍了。

就这么忍了40多分钟，距离到站还有至少半小时。我已经要两眼翻白，就快能把舌头伸出来甩来甩去了……当时的心情，用绝望、焦虑、恐惧、无措来形容大概也不为过——所以说写不出稿子算什么，找不到对象算什么，肥了20斤算什么，没有在长途巴士里憋尿超过2小时的人，都没资格在我面前抱怨你活得痛苦。

然后，20分钟后，车终于进了站，我几乎是连滚带爬地下了车，跑进车站洗手间那一瞬间的心情，用狂喜、充实、至福、愉悦来形容大概也不为过……所以说写完了稿子算什么，找到了对象算什么，在路上被帅哥搭讪算什么，没有过带着即将尿毒症的膀胱从长途巴士冲进洗手间的人，都没资格在我面前炫耀你活得精彩……

Pano

好吧，虽然我一直自诩实力派，但不能不承认我确实长得不错，何况在这本就物以稀为贵奇货可居的欧洲，对没见过世面的来自东欧西亚南非北美的少女来说，我简直是来自东方的最炫民族风。从我上课第一天起，隔壁班的韩国姐妹就对我穷追不舍，上课校门堵，下课班门堵，逼得我一个三好学生天天迟到早退，想上厕所只能课间请假，不然课后被她们堵到真的忍到要爆尿！但道高一尺魔高一丈，她们后来居然在课间请我出去在众目睽睽之下叫我当场吃掉半片饼干！这个故事虽然以她们姐妹撕破脸告终，但你们以为故事结束了吗？那只是花絮好吗？同班的安哥拉公主（他叔叔真的是安哥拉总统）也开始对我进行猛烈的攻击！上课坐我旁边摸我大腿什么，我就忍了，有一次下课居然跟我回家，然后四仰八叉地躺在我床上说好困！问我要不要一起睡觉！我说我不困我看电视就好了！就打开一部讲述欧洲工业革命的纪录片！她居然边看边往我身上靠说好感人啊！到底哪里感人了！我好想嘘嘘但是我怕这将是我人生中代价最大的一次嘘嘘！我真的忍到要爆尿，发短信求正在打工的同学赶快回来救我！她依依不舍地走之前居然抛媚眼说电影还没完下次再看！我为什么不挑一部比较短的片啊！！！

千周

  我要讲述一个悲惨的故事，关于人生中印象最深的一次展会 cos 经历。它悲惨的核心是，当我收工回家后，我的手制 cos 服装和假发全部报废，无一幸免。同人展时我总是在摊主朋友的摊上做看板娘，那次是 2008 年人大临界展，我穿的 cos 服有非常长的下摆和很长的袖子，（而且全部是自己手制！）以及长达 1.8 米的假发。来摊子上买东西的人难以避免地踩到假发，这我不在意；求拍照的我也不在意⋯⋯但最在意的就是自来熟的妹子！她们看到我站在小凳子上（角色需要）还有那么长的头发就直直扑了过来！扑过来不够还要蹭！还要袭胸！我一天下来不吃不喝，想骂又不行，想动不了，憋到想要爆尿！眼睁睁看着我的假发变成纠结尘土的一坨，自制的衣服被揪加踩得惨不忍睹⋯⋯

  其实我作为 coser 只是自娱自乐啦，可能就是因为是个默默无闻的看板娘才会有这么多人肆无忌惮吧。喜欢自来熟扑抱袭胸蹭人的妹子们，真的请想想换成自己的话会不会憋屈得想爆尿吧⋯⋯

恋爱中我极品的一面

痕 痕

　　我平时性格温柔，通情达理，自认为还算处变不惊，能抗住压力，能带领团队……但这些优点都是表现出来给别人看的，或者说是我处事的一种模式，我对待男友就没那么多考虑了。

　　我注重"心灵的交流"，在乎对方有多爱我，有没有杂质，如何评价其他女生？以及对我的喜好是否认同？并且，最难和我相处的一点是：我情绪不好的时候，对方是否懂得安慰。

　　在我开心的时候，我的理智也是相当正常的，我会积极地夸赞男友："××好帅哦！""××对我真好！""我还是很喜欢××的！"而要是我心情不好（我常常心情不好），我就会对男友先表现出恶劣的态度，好像是试探性的，只是为了说明："我今天心情不好"，我会对男友恶声恶气，对他说："烦死了！"这个时候，如果对方说"怎么啦？"并且语气中流露出不快，那就是踩到我的地雷了。哪怕前一天还说着甜言蜜语，前一刻还说什么："我感觉你是真心喜欢我！"但一旦踩到我的地雷，我马上翻脸不认人。"你滚吧！""你妈了个×的！""你这个垃圾，狗×！"……除此之外，我还喜欢分析男友的心理，不给他任何辩解的机会，我的分析，就是事实的全部，"你愚蠢、自私、无能、卑鄙、歹毒……我求求你放过我！"

　　唉。

　　我也不想这样。一通歇斯底里的发泄过后，我发现对方还挺可怜的，还挺有可取之处的，于是就又若无其事地和好。这大约才是我真正极品之处？崩坏，和好，和好，崩坏……所以我谈恋爱的时间都是超久的，我的恋人，被我折磨得死去活来，神经失常。

我在这里说声，对不起了啊。

琉玄

因为我是个写小说的，也画绘本，所以我……可能……在某个方面……有点极品吧……就是我非常反感自己的恋人看别人的小说和绘本，如果是我也很欣赏的作品也就算了，那些在我眼中"根本写/画得完全不如我嘛！连十分之一都不如"的书，是绝对不可以当着我的面看的哦……如果在看的过程中还流露出被感动/被逗笑/被煽动了情绪的表情，基本上这段感情在我眼里就死了一半……

如果在看完后还对我疯狂推荐说："这人写/画得真是超级棒！你也看看嘛！"——那铁定分手，没商量了。

如果拿着我眼中的"垃圾书"说出了"你也学学人家的写作/绘画风格"这种话——那简直是死定了，光是分手太便宜了……我一定会极尽可能地（请脑补各种情感上、肉体上的折磨手段）……后才甩掉，然后永世都别想再见了。

要做我的恋人的话，就必须全身心地爱我，眼里一丝丝别处的风景都不可以有哦！呵呵呵呵。

陈楸帆

平日里大大咧咧冷酷阳光帅气的射手男（如我……），一旦进入恋爱状态猛然变身鸡婆黏人脆弱双鱼座小甜甜。

如果女朋友晚回家我会在微信上反复夺命连环催，装出楚楚可怜的小动物模样，"555人家就是好想你嘛""怎么还不回家啦""是不是外面有人了呀"，配以各种卑贱表情。如果女朋友接电话，我会在一旁假装不经意地偷听，然后假装更加不经意间问起"谁啊"，如果是异性便会牢牢记住他的所有信息，就像在大脑中打开了一个数据档案，今后搜关于此人的内容都会自动整理归档以备不时之需，倘若信息有对不上之处，便会自动弹出红色警报，轻轻一笑："某年某月某日你不是说过某某某是个GAY吗？"霎时间，整个世界都清净了。

如果世界上有最佳女友评比，我觉得即使不能拿到第一，前十也一定没有问题。

老娘卖得了萌撒得了娇犯得了二，天生萝莉脸身体轻柔，要推倒时可推倒，拿鞭子的时候手也不带软一下的，每天主动电话但不会多，不会时不时短信轰炸骚扰，也不会拦着他打游戏，兴致来了还陪他"撸一把"，不翻手机不查记录，生日、圣诞、情人节，没有礼物没有庆祝一样过，管他身边有多少妹子，人是我的就好。逛街不忘看男装，网上看见什么长腿黑丝翘臀大波图也第一时间右键分享给他，他只要负责找种子，占网速的事我来做，一个T的硬盘几乎装的都是他的各种东西，作为模范女友的我已经引得无数妹子向我看齐了。

唯一的缺点，大概是吵架五秒落泪，不管三七二十一，哭一哭再说，其实也不是故意的，只是泪点在这方面格外低，这么多年恋爱谈下来发现自己的泪腺都被撑大了，可最后先手贱要和好的还是我……（喂你够了……）

✕✕✕ 你该吃药了!

李　田

　　大家还记得我在 ZUI STYLE 里主讲过,和一个女孩一见钟情然后跑来上海谈恋爱的事情吗?当时我还很笃(S)定(B),一见钟情才是真爱……而现在剧情又有了急转直下的发展……认识之初,她说她长达五年没有交过男朋友,没有对一个男生心动过,而我们见面这短短几分钟内她就动心了。她不想异地恋,所以我放弃了很好的工作机会,告别了亲密无间的小伙伴们,离开了生活十年之久的北京,只身一人来到了大上海……然后我才得知她是个拉拉,没交男朋友是因为这五年里她一直不缺女朋友……真相大白之后,我大义凛然地决定接受她的过去(女孩们请想象下你的男友曾交往过无数的男友而你得知后依然选择和他在一起),我以为真爱可以突破性取向,可以把她掰直,而实际情况是她和异性牵手都不太适应……有一天,她让我陪她去个地方我有事没去,她就去找她前任玩去了……心酸至极我把她拉黑了,现在,我只身一人在上海,没有亲戚,朋友也不多,背了一身外债,每天还要坐半个小时地铁转一个小时公交车,去做一份根本没有底薪的工作……三百块奖励我吧,家里等米下锅……

痕　痕

　　每当我拿起电话,拨打 110 这三个数字的时候,我就油然而生出一种兴奋感,一种使命感,一种……正义的力量……"110 吗?我要举报,在 ✕✕ 路有人设摊卖烟花爆竹。""110 吗?在 ✕✕ 路有人正在搞摸奖的骗局。""110 吗?五分钟前,在 ✕✕ 路有'扔炸药包'的骗局,你们快派人过去看看。"……对的,我不放过每一个可以拨打110的机会，我觉得我和110之间，似乎有一种羁绊，这是命中注定的。除了拨打110，我还擅长拨打举报电话。

一次下班路上，等××路的公交。偏偏车门关得太快，还没有等我上车就扬长而去。你可以说是司机没有看到，或者是司机心情不好，谁知道呢……但他遇到了我。我伸手拦了一辆出租车，一路追赶溜之大吉的××路公交车，追了好几个路口才算追上，然后一路尾随，录下了××路公交车闯红灯的视频，以及压线停车的视频，还和出租车司机聊了几句"这就叫压线停车啊？""也太不遵守交通规则了！""真是不把乘客的生命安全放在第一位呢！"回家后，我拨打了××路公交车的投诉电话，和对方领导说："我也不想这个视频闹到新闻上，你们看着办吧……"果然，第二天我就接到了××路公交车领导的道歉电话，态度无比诚恳。最近，上海的公交车全面换新，车上有一股甲醛味，我又拍下了车牌号码以及投诉电话，我心想，这么大的味道，也太不把乘客的身体健康放在眼里了吧……

胡小西

在采访同事之前，我觉得我的"病"根！本！不！算！病！每个人都有点强迫症和偏执狂吧。但是你们七嘴八舌愤慨激昂地控诉我，下班铃（并没有……）打了好几遍了都不舍得走是有多！爱！我？我觉得是时候说给大家听听，来讨个公道了！"病"情表现：擅长使用QQ、微信等一切有截图功能的软件进行截图"求对齐"。受害者代表A：你非说上下段文字没有对齐，我说文字框显示已经对齐了，你说肉眼看起来没对齐，然后用QQ截图拉了条红色辅助线给我看，结果只是差了一个像素点的距离而！已！受害者代表B：昨天我收到你发的修改意见是一张布满各种颜色的圆圈方框和箭头的乱涂鸦……空白的地方都被你打满了说明文字，是的，这些文字是教我怎样看懂你拉的这些圆圈方框和箭头……各位乡亲父老，难道你们不觉得QQ截图很好用吗？！拉箭头、画线、加字、手绘涂鸦，有红黄

蓝绿黑白灰多种颜色任你选择。"请把红框内容沿着红色箭头移到右边""绿色圆圈内容放大 0.5 号字""灰色框内容可以删掉不要""蓝框内容加粗放大左对齐"有没有白毛浮绿水酷炫狂炸天！QQ 截图真是一款"检测距离""逼疯设计师"的必备良品好吗！（请美编帮我把此段文字和标题对齐不然我拉红线给你看！）

恒 殊

　　在每年的暑假和圣诞是两个劫难。为什么呢？因为伦敦打折季开始了呀。记得前几年，还是七折、六折、五折、四折这种节奏，近年来由于英国经济下滑，促进消费，各大厂商一上来就是五折有没有！然后过两星期就变成三折！这是砍手的节奏啊！你以为你宅在家里就相安无事了？错！我们有网购！网购更疯狂有没有！根本不用下床就可以花钱有没有！每天早上打开邮箱，Net-a-porter, Matches, Liberty,Harrods 连轴轰炸，最不济也来个 Topshop 或 Asos，让我一整天都心痒难耐，好不容易按捺下去，到了晚上苦 × 的赶稿时间，突然想起这些邮件，于是鬼使神差地点进相关购物网站，两三天后（有时候甚至是当天）就莫名其妙地收到衣服和鞋子了！这些真是我买的吗？为什么连我自己都不知道是什么时候买的？我的天啊！于是当即放下手里所有的活，上身上脚，自娱自拍，不合适再退，退了再买，买了再退……如此周而复始，无穷匮也。

郭敬明

　　老子非常爱狗，为什么呢？因为按照我的作息，能坚持陪在我身边的人，只有狗（……）。我喜欢和狗睡在一张床上，把狗关在家里养，从来不出去遛的。所以阿姨基本上每天帮我送洗一次床单。让人匪夷所思的是，我就算不在乎狗们在我的床上大小便，但是为什么我能忍受那股味道？我想，这就是爱吧……

　　我和狗从小就建立了深厚的感情，教大家一个方法，就是用嘴把小狗的嘴闷住，对的，这是和狗建立亲密关系的第一步，你会感觉小狗的鼻息在你的嘴里喷张，感觉它幼小的生命力被你包容了，此刻你和它同呼吸，共命运，产生精神上的共鸣。

　　另外，痕痕问，小×为什么喜欢舔人的嘴唇？（出差的时候两只狗寄养在痕痕家几天），那是因为我经常和它们接吻的关系，狗生来就喜欢用这样的方式表达亲热，当狗们疯狂地舔我嘴唇的时候，我感觉到那是毫无杂质的爱，透明的，接近于真理的爱，我的心都被融化了！只要我在公司，无论是开会还是接受采访，我家的茶杯和小×，还有××，都会跟着我，我一离开，它们就会大叫，没办法，当它们在会议桌上跑来跑去，舔我杯子里的咖啡时，我也是醉了……

吴忠全

　　我有一段很想忘记但又时常被提起的过往，我有两个很好的朋友，当年三人整天混在一起喝酒胡闹，总借着好朋友在一起就应该做一些难忘的事情为理由，干了一些乱七八糟的事情，比如在马路中央跳舞，比如三人裸体斗地主……然后有一天晚上，在大排档喝酒，喝多了几个人又在那儿闹，我喝多了啤酒肚就凸出来了，其中一个朋友就摸了一把，我就开玩笑地道："给钱，白摸啊？"他就问你现在怎么收费？我想了想道，怎么也得摸一下两块钱吧？他就掏出十块钱拍在桌子上说摸二十秒。我就说别闹了，不玩了，另一个朋友就起哄，是你说收费的，现在凭什么给钱还不让摸，于是自己也掏出了十块钱拍在桌子上，也要摸。于是就这样，他们两个把手伸进了我的衣服里，一个摸肚子和胸一个摸我的后背，两个人还假假模模样极近浮夸地在那儿喊好爽啊！引来其他桌子的客人纷纷侧目，我当时尴尬极了，为了化解尴尬竟然剑走偏锋地说道："老板，你们喜欢这个姿势吗？"……到如今我都想不透自己当时是怎么做到的……但我确实得到了那二十块钱，可最后还是我埋的单……

出品／上海最世文化发展有限公司

官方网站／www.zuibook.com

平台支持／最小说 ZUI Factor

十年后，我不认识你（捂脸）……

郭敬明　主编

ZUI Book
CAST

出品人／郭敬明

项目总监／痕痕

监　制／与其刘霁

特约策划／卡卡董鑫

特约编辑／童童孙鹤

＊装帧设计／ZUI Factor（zui@zuifactor.com）

设计师／龙君

内页设计／马兜

插　画／meiyou

图书在版编目（CIP）数据

十年后，我不认识你（捂脸）…… / 郭敬明主编 . -- 长沙：湖南文艺出版社，2016.7
ISBN 978-7-5404-7609-0

Ⅰ . ①十… Ⅱ . ①郭… Ⅲ . ①短篇小说 - 小说集 - 中国 - 当代 Ⅳ . ① I247.7

中国版本图书馆 CIP 数据核字（2016）第 103464 号

上架建议：图文集

SHINIAN HOU,WO BU RENSHI NI (WULIAN)……

十年后，我不认识你（捂脸）……

郭敬明 主编

出 版 人 | 刘清华　　　　监　制 | 与　其　刘　霁　　　装帧设计 | ZUI Factor
出 品 人 | 郭敬明　　　　特约策划 | 卡　卡　董　鑫　　　设 计 师 | 龙君
项目总监 | 痕　痕　　　　特约编辑 | 童　童　孙　鹤　　　内页设计 | 马　兜
责任编辑 | 薛　健　刘诗哲　营销编辑 | 李　素　杨　帆　　　插　　画 | meiyou

出版发行：湖南文艺出版社
　　　　　（长沙市雨花区东二环一段 508 号邮编：410014）
网址：www.hnwy.net
印刷：北京缤索印刷有限公司
经销：新华书店
开本：875mm × 1270mm 1/32
字数：110 千字
印张：3.5
版次：2016 年 7 月第 1 版
印次：2016 年 7 月第 1 次印刷
书号：ISBN 978-7-5404-7609-0
定价：21.80 元
质量监督电话：010-59096394
团购电话：010-59320018